현명하고 근사한 선택

현명하고
근사한
선택

현근택 지음

BOOK&Story

역사의 비극을 책임의 정치로 승화시킬 사람, 현근택

이해찬 민주평화통일자문회의 수석부의장, 전 국무총리

정치란 결국 사람의 눈물을 닦아주는 일입니다. 그리고 그 눈물을 닦아주기 위해서는 우리가 지나온 역사의 아픔을 온몸으로 기억하고, 그 책임의 무게를 기꺼이 짊어져야 합니다.

현근택 변호사가 그동안의 고민과 실천을 담아 펴낸 이 책의 출간을 진심으로 축하합니다. 저와 현 변호사의 인연은 뿌리 깊은 역사의 지점에서 만납니다.

저는 2005년 국무총리 시절, 국무총리로서는 처음으로 정부를 대표하여 제주 4·3 희생자와 유가족 앞에 섰습니다. 국가 권력이 불법적으로 행사되어 도민들의 인권이 유린당하고 소중한 생명이 희생된 과거의 잘못에 대해 진심으로 사과의 말씀을 올렸습니다. 이것이 민주 정부의 당연한 도리이자 정의로운 국가로 나아가기 위한 첫걸음이었습니다.

2008년 이명박 정권이 들어서면서 4·3의 진실이 다시 가려질 위

기에 처했을 때도 저는 제주를 찾았습니다. '정권은 유한해도 진실은
영원해야 한다'라는 신념으로, 가장 피해가 컸던 표선면 가시리와 토
산리를 직접 찾아갔습니다.

제가 직접 발로 뛰며 확인했던 표선면 가시리와 토산리의 참상은
지금도 눈에 선합니다. 400여 명이 학살되어 마을 자체가 사라진 가
시리의 적막함, 그리고 18세부터 40세까지 남성이 몰살당해 '세대
절멸'의 비극이 서린 토산리의 아픔은 지금도 잊을 수가 없습니다.
당시 유족들을 만나 수십 년간 이어진 연좌제의 고통을 들으며 저는
함께 울었습니다.

그런데 제가 그토록 가슴 아파하며 돌아보았던 그 비극의 현장들
이 바로 현근택 변호사의 뿌리였다는 사실을 나중에 알게 되었습니
다. 토산리에서 희생되신 할아버지, 가시리에서 희생되신 외할아버
지와 증조할아버지까지. 이 기막힌 우연은 현 변호사가 왜 그토록
원칙에 철저하며 정의로운 사회를 만드는 데 매진하는지 설명해 주
는 필연적 이유일 것입니다. 그에게 정치는 단순히 명예를 얻기 위
한 것이 아니라, 조부 세대의 한을 풀고 다시는 이 땅에 억울한 사람
이 없게 하겠다는 역사적 소명이었을 것입니다.

제가 당 대표로 있던 시절, 현 변호사는 상근부대변인과 법률위원
회 부위원장으로서 당의 최전방을 지켰습니다. 명쾌한 논리로 우리
당의 입장을 대변하였고, 복잡한 법률적 난제들을 묵묵히 해결해 낸
든든한 동지였습니다. 그는 늘 현장의 목소리를 경청했고, 당이 필요
할 때마다 자신을 던져 헌신했습니다. 그 이후에도 그는 중요한 일
이 있을 때마다 저를 찾아와 조언을 구하며 시대의 과제를 함께 고
민하는 진중한 후배로 곁에 있었습니다.

이제 현 변호사는 수원 부시장으로서 쌓은 행정 경험을 발판 삼아, 더 큰 책임감을 가지고 직접 행정의 전면에 나서려 합니다. 억울한 죽음과 연좌제의 고통을 딛고 일어선 제주의 아들이, 이제는 시민의 삶을 책임지는 당당한 공직자로 나서려는 모습이 참으로 대견하고 든든합니다.

이 책에는 현근택이 짊어진 역사의 무게와 그가 꿈꾸는 미래의 청사진이 고스란히 담겨 있습니다. 이 책을 읽는 모든 분이 그의 진정성을 확인하고, 그가 걸어갈 정의로운 길에 든든한 동행자가 되어주시길 바랍니다.

현근택의 새로운 도전이 우리 사회의 상처를 치유하고 희망을 일궈내는 큰 발걸음이 될 것임을 확신하며, 그의 앞날을 힘차게 응원합니다.

4·3의 영혼이 맺어준 인연,
정의의 길을 걷는 현근택을 응원합니다

추미애 국회의원, 전 법무부 장관

제게 4·3은 정치 인생의 시작이자 끝입니다. 1997년 대선 당시, 김대중 후보를 수행하며 제주를 찾았을 때 마주한 유족들의 절규는 저를 깨우는 통렬한 죽비가 되었습니다.

1998년 가을, 전국을 누비며 발로 뛴 끝에 부산 국가기록원 서고 깊은 곳에서 먼지 쌓인 '4·3 수형인 명부'를 드디어 찾아냈습니다. 2천530명의 이름이 적힌 그 낡은 기록은 제 능력이 아니라 억울하게 눈을 감지 못한 영혼들이 저를 이끈 기적이었습니다. 이 명부는 4·3 특별법 제정의 결정적 근거가 되었고, 제가 법무부 장관 시절 검찰에 직접 직권 재심을 지시하여 수백 명의 명예를 회복시키는 토대가 되었습니다.

제 곁에서 당을 위해 헌신하던 현근택 변호사 역시 그 4·3의 아픈 역사를 온몸에 새긴 유가족이었습니다. 토산리에서 희생되신 할아버지, 가시리에서 희생되신 외할아버지와 증조할아버지의 사연을 가슴에 품고 살아온 제주의 아들이었습니다.

제가 상근부대변인을 제안했을 때, 그는 "4·3 유가족으로서 항상 고맙게 생각하고 있었습니다. 열심히 하겠습니다."라고 답했습니다. 그 짧은 대답 속에서 저는 그가 가진 역사의 무게와 진심을 느꼈습니다.

제가 당 대표로 있던 시절, 현근택 변호사는 상근부대변인이자 법률위원회 부위원장으로서 우리 당의 가장 든든한 창과 방패였습니다. 방송에서는 날카로운 논리로 당의 입장을 지켰고, 법률적 난제 앞에서는 치밀한 전략가였습니다.

특히, 그가 12년이라는 긴 시간 동안 포기하지 않고 매달려온 '용인경전철 주민소송'은 그의 정치 철학을 보여주는 결정판입니다. 지자체장의 잘못된 정책과 용역기관의 잘못된 수요예측에 끝까지 책임을 묻고 역사적인 판결을 끌어낸 끈기와 전문성은 오직 현 변호사만이 보여줄 수 있는 진면목이었습니다.

현 변호사는 이제 수원시 제2부시장으로서 쌓은 탄탄한 실무 경험까지 갖추어 더욱 성숙한 모습으로 우리 앞에 섰습니다. 제주의 비극을 정의로 승화시키고, 우리 시대의 굽은 곳을 바로잡을 준비가 된 사람입니다.

이 책에는 현근택이 걸어온 정의로운 고집과 그가 그리는 미래의 청사진이 담겨 있습니다. 저 추미애가 보증하는 '실력이 검증된 동지', 현근택의 당당한 전진을 여러분께서 함께 응원해 주십시오.

그의 도전이 용인과 대한민국의 희망이 될 것임을 확신합니다.

12년의 뚝심, 시련의 겨울을 함께 보낸 동지, 현근택을 추천합니다

김용 전 민주연구원 부원장

가장 힘들 때 곁을 지켜준 사람의 이름은 평생 가슴에 남는 법입니다. 제가 인생의 가장 혹독한 겨울을 지날 때, 묵묵히 제 곁에서 함께 비를 맞아주었던 저의 영원한 동지 현근택 변호사의 출간을 진심으로 축하합니다.

현 변호사와의 인연은 9년 전인 2017년으로 거슬러 올라갑니다. 당시 이재명 성남시장이 대선 출마를 앞두고 있을 때, 용인포럼 상임대표였던 현 변호사가 포은아트홀 강연에 후보를 초대하며 운명적 만남은 시작되었습니다. 그때 제가 본 현근택은 지역의 미래를 진심으로 고민하는 뜨거운 열정과 실력을 갖춘 리더였습니다.

그는 말로만 지역을 사랑하는 사람이 아닙니다. 2013년부터 무려 12년 동안 '용인경전철 주민소송'을 이끌며 지자체의 잘못된 행정에 끝까지 책임을 물었고, 마침내 승리를 거머쥐었습니다. 용인 시민의 혈세를 지키기 위해 10년이 넘는 세월을 변치 않고 싸워온 그의 뚝심이야말로 우리가 기다려온 진짜 일꾼의 모습입니다.

2022년 대선 현장에서 그는 누구보다 용감한 전사였습니다. 이재명 후보의 대변인으로서 날카로운 논리로 방송을 누비며 우리 당과 후보의 입장을 지켰습니다. 상대방의 파상공세 속에서 수차례 고발을 당하면서도 단 한 걸음도 물러서지 않았던 그 기개를 저는 똑똑히 기억합니다.

특히 제가 검찰의 가혹한 수사와 재판으로 벼랑 끝에 몰렸을 때, 그는 자신의 정치적 유불리를 계산하지 않고 저의 변호인이 되어주었습니다. 구치소에 갇힌 저의 목소리를 세상 밖으로 실어 나르며 지지자들과 소통하게 해주었고, 보석으로 나온 지금까지도 변함없는 신뢰로 제 곁을 지켜주고 있습니다. 제주 4·3의 아픈 가족사를 품고 자란 그였기에, 국가 권력에 의한 억울한 희생이 무엇인지 누구보다 잘 알았기 때문일 것입니다.

이제 현근택은 더욱 성숙해진 행정가의 모습으로 다시 용인 시민 앞에 섰습니다. 수원 부시장으로서 쌓은 탄탄한 행정 역량과 12년 용인경전철 주민소송의 끈기, 그리고 대선판에서 검증된 정무 감각을 모두 갖춘 그는 이제 용인의 새로운 미래를 열기에 충분합니다.

이 책에는 현근택이 걸어온 고뇌와 투쟁, 그리고 용인을 향한 뜨거운 사랑이 담겨 있습니다. 제 진실의 목격자이자 가장 든든한 조력자인 현근택 변호사가 내딛는 담대한 도전에 여러분이 힘찬 박수로 화답해 주시길 부탁드립니다. 현근택의 승리가 곧 우리 동지들의 승리이자 정의로운 용인의 승리가 될 것임을 믿어 의심치 않습니다.

1부 '내가 살아온 길'을 만화로 제작했습니다.

출판기념회에 오신 분들이 그 자리에서 전부 읽을 수 있게 하기 위한 것입니다. 유년 시절, 청소년기, 대학 시절, 사회생활을 간략하게 다루었습니다. 2007년 이재명 대통령님과 처음으로 만난 이야기 및 그 이후의 인연, MBC 라디오 『정치인 싸』에서 고교 선배 원희룡과 다툰 일, 대선 과정에서 국민의힘으로부터 고발당한 사건도 넣었습니다.

2부 '토산리의 비극'은 우리 마을 이야기입니다.

우리 마을에서는 1948년 12월 18일에서 19일에 표선 백사장(한모살)에서 18세부터 40세까지의 남자 150여 명이 한꺼번에 희생되었습니다. 200여 가구밖에 되지 않는 작은 마을에

서 공식 희생자가 167명이나 됩니다. 우리 마을은 무남촌(無
男村, 남자가 없는 마을)이 되었고, 노약자와 여자들만 살아남았
습니다.

할아버지, 외할머니, 그리고 할머니의 아버지께서 4·3사건
에서 희생되셨습니다. 아버지는 평생 중학교에 가지 못한 것이
한이었고, 어머니는 학교 근처에도 가보지 못했습니다. 제주도
중산간의 척박한 땅에서 힘든 농사일을 하면서 2남 3녀를 낳
았고, 건강하게 키워주신 것만으로도 감사하게 생각합니다.

3부는 12년간 용인경전철 주민소송을 진행한 이야기입니다.

최종 결과는 김모 전 시장 및 정책보좌관에게 10억 2천
500만원, 이모 전 시장에게 214억 6천809만원, 한국교통연
구원에게 42억 9천361만원의 손해배상 책임이 인정되었습
니다. 잘못된 정책에 대해서는 지자체장이 임기가 끝나더라도
손해배상 책임을 질 수 있고, 수요예측을 잘못하면 용역기관도
손해배상책임을 질 수 있다는 최초의 사례를 만들었습니다.

2013년 3월, 10여 개 시민단체가 모여서 주민소송단을 만
들고, 2013년 10월, 1조 원대 주민소송을 제기할 때만 해도 이
렇게 오래 걸릴지는 몰랐습니다. 12년간 법원에서 6번 판결
을 받았고, 대법원에서 2번 파기환송 되었으며, 법원에서 보
도자료를 3번 배포하였습니다. 그만큼 의미가 있는 판결이었
고, 20년간 변호사를 하면서 가장 보람이 있었던 사건입니다.

4부는 2018년 용인시장에 출마했던 이야기입니다.

당시 출마선언문을 다시 읽어봤습니다. 정치에 입문한 지 얼마 되지 않았고, 출마 선언을 한 것도 처음이었습니다. 지금 봐도 당시의 문제의식이 틀리지 않았다고 생각됩니다. 초심을 잃지 않겠다고 다짐합니다.

5부는 수원에서 제2부시장을 한 이야기입니다.

제2부시장으로 도시정책실, 도시개발국, AI스마트정책국, 시민협력국과 도시총괄기획단, 공항이전추진단, 그린도시추진단, 도시디자인단, 공원녹지사업소 업무를 관장하였습니다. 조직변경은 되었지만, 잠시나마 환경국, 문화청년체육국과 상수도사업소, 화성사업소, 도서관사업소, 박물관사업소, 수원시립미술관, 반려동물센터에 대한 업무도 경험할 수 있었습니다.

가족들에게 감사한 마음을 전합니다. 지난번 쓰라린 실패를 경험하자, 집사람은 "술만 끊으면 정치하는 것에 반대하지 않겠다."라고 하였습니다. 변호사를 만나서 편하게 살 것을 생각했을 텐데, 그렇지 못한 것 같아서 미안한 마음입니다. 아빠로는 부족하지만, 항상 응원해 주는 두 딸에게도 사랑한다는 말을 전하고 싶습니다.

2026년 1월

현근택

목차

3부: 12년간 용인경전철 주민소송을 진행하여 승리하다

4부: 용인시장에 도전하다 (2018)

5부: 수원에서 행정경험을 쌓다 (수원시 제2부시장)

1부

내가
살아온 길

만화

나의 유년 시절

1971년, 나는 제주도의 중산간 작은 마을인 표선면 토산 1리에서 태어났다.

어무니!

저 오늘 고사리 팔아 200원이나 벌었어요!

헤 헤

물가에 가서 물도 좀 길어와주겠니?

물론이죠!

어유, 기특해라.

그때는 부모님께 용돈을 받을 형편은 안 됐지만, 사방으로 용돈을 벌 수 있는 일거리들이 있었다.

무거워서 어떻게 드나….

끄으응…!!

훅!

수도가 있으면 좋겠다….

이렇게 무거운 물을 지고 나르지 않아도 되잖아.

앗

꿩

꿩

앗, 꿩이다!

앗, 놓쳤다!

저 꿩 한 마리면 건빵도 사 먹을 수 있는데…!

1부: 내가 살아온 길

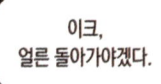

이크, 얼른 돌아가야겠다.

까악~

다녀왔습니다.

수고했다, 이제 잘 준비하자.

누나, 누나!

와륵

자지 말고 나 공부 가르쳐 줘야지!

오늘 곱셈 가르쳐 주기로 했잖아.

역시 기특한 내 동생!

낮에 힘들었을텐데, 피곤하지 않아?

와

락

그 정돈 껌이지!

어린 시절의 나는 공부를 제법 잘 했고, 또 열심히 했다.

2.

현명하고 근사한 선택

다들 초가집과 호롱불은 아주 오래된 동화 속에서나 나오는 장면으로 생각하지만,

내가 태어나 살았던 집이 그랬다.

도란 도란

내가 살던 집이 초가집이었고, 밤마다는 호롱불에 의지했다.

치이익

두근 두근

집에서 학교까지는 3km나 되고, 토산봉이라는 오름을 넘어야 했다.

우와, 진짜 밝다.

빡

깜

초등학교에 들어갈 때 쯤에야 집에 전기가 들어왔다.

신기해라….

태양보다 더 밝은 것 같아.

이제 밤에 호롱불을 안 켜도 되겠다!

지금 보면 희미하기 짝이 없는 백열 전구가 그때는 어찌나 밝아보이던지.

화기

애애

밤이 되어도 가족들의 얼굴이 선명하게 보이다니, 너무 신기한 일이었다.

현명하고 근사한 선택

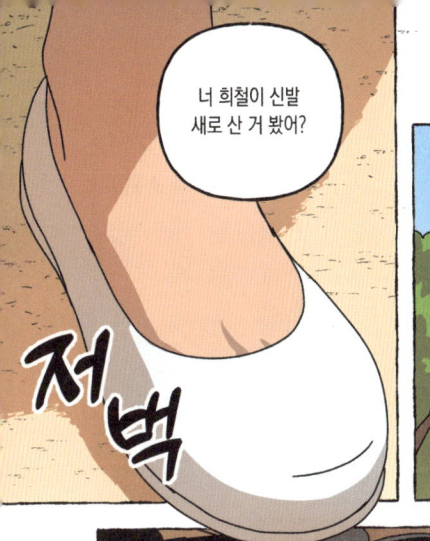

저벅

너 희철이 신발 새로 산 거 봤어?

야, 장난 아니더라. 신에 끈 달린 거였어.

희철이 걔가 운동화 신고 왔더라.

샤방~

운동화 그거 비싸지 않냐?

근데 근택이 넌 어째 할아버지같이 흰 고무신을 신고 다니냐?

아버지가 구별하기 쉬우라고 흰 거로 사주셨거든?

나만 고무신을 신었다면 좀 시리웠을지 모르지만,

친구들 역시 운동화를 신은 경우가 거의 없었다. 우리는 그냥 다들 그렇게 사는 줄 알고 살았다.

이렇듯, 당시 시골은 모든 게 더뎠고, 도시와 시골의 차이는 매우 컸다.

특히, 내가 살던 시골과 도시의 격차는 10년도 넘게 차이가 났다.

난 도시!

나 도시!

세월아~

난 시골!

네월아~

10년

수도꼭지라는 것이 없었기에, 세상 모든 집이 우리 집처럼 물허벅을 지는 줄 알았다.

묵

직 ...

난 시골!

특히나 우리 마을 토산리는, 제주 4.3 사건 때 200여 가구 중에 150여 명이 이틀 사이에 학살되어 남자가 없는 마을이 되었고,

그 여파로 1970년대 말에서야 겨우 전기가 들어올만큼 낙후된 상태로 방치되었다.

현명하고 근사한 선택

결혼하고 나서 이천 율면이 고향이신
장모님께 이야기했더니 믿지 못하셨다.

장모님은 초등학생 때 이미 운동화를 신고 다녔다 하셨다.
당시 나는 앞선 세대보다도 한 세대가 뒤쳐진 어린 시절을 보냈다.

싸아아~

더군다나 내가 태어나 자란 곳은 제주의 시골이다.
그러니 서울은 고사하고 도시에 대한 개념 자체가 없었다.

살랑...

저 바다 건너 육지는
어떤 모습일까….

도시 아이들은 이곳이 동화 속처럼 보였겠지만,
나에게는 오히려 도시라는 곳이 TV 속에서나 볼 수 있는 곳이었다.

1부: 내가 살아온 길

아버지 말처럼 뭐든 배워야 겠다는 마음으로 한 건 아니었다.

어린 마음에 아버지를 흉내내고 싶기도 했고, 일단 해보자 하는 마음이 더 컸다.

처음에는 뜻대로 되지 않아 고생을 꽤나 했다.

푸르릉

밭에 돌이 아주 많으니 조심하거라.

떡

떡

이젠 곧잘 하는구나.

쓰담

갈

갈

갈

갈...

갈

시간이 지나며 익숙해지니, 거의 아버지를 대신할 수 있게 되었다.

1부: 내가 살아온 길

초등학교를 졸업하자, 동네 곳곳에
경운기가 들어왔다.

중학생이 되었을 때, 경운기 운전까지 배웠다.

우와, 경운기로 하니까
너무 편하다!

이거라면 하루종일도
일할 수 있겠어!

그때 겨우 중학생이었으니, 아마 멀리서 보면
경운기가 몸보다 더 커 보였을 것이다.

현명하고 근사한 선택

경운기의 쓸모가 빛을 본 적도 있다.
대학생 시절, 농촌 봉사활동을 갔을 때였는데,

어리둥절

와,
저기 봐!

깜짝!

내가 경운기로 밭을 가는
모습을 보고 모두 난리가 났다.

근택이가 경운기로
밭을 갈고 있어!

달

달

달

말도 안 돼,
경운기로 밭을 갈 줄 알다니.

우리 밭일 좀 해 줘.

와글

아, 우리도 해줘야 돼.

그 다음은 우리 집!

와글

나는 한껏 신이 나
더 여유있게 밭일을 이어갔다.

좀만 기다리시면
다 해드릴게요!

척!

또 한 번은 결혼하고였다.
처가에서 경운기 운전의 진가를 발휘했다.

어머, 현 서방,
경운기는 어디서 배웠대?

현 서방은
못 하는 게 없구만~.

현 서방~.
이리 와서 밭일 좀 도….

달

달

달

나는 그날, 처가에서
점수를 꽤 딴 듯 하다.

배워두면 쓸모가 있다던 아버지의 말씀은
오래도록 도움이 되었다.

무엇이 되었든,
배워두면 결국 다 써먹기 마련이었다.

태어나 보니, 산은 친구였고 밭은 이웃이었다.
지금처럼 신나는 게임도 텔레비전도 없던 시절이었다.

우와…!

라디오에서 흘러나오는 노랫소리를 듣는 순간,
나는 다른 세상을 만난 것만 같았다.

저번에 서울서 온 선생님 딸은
얼굴이 참 뽀얗더라.

맞아. 원래 서울 애들은
피부가 흰가?

초등학교 2학년 때의 일이다.

해가 강한 제주도에서 자라 밭일을 돕는 일이 많다보니
남녀노소 할 것 없이 죄다 검은 얼굴이었다.

외모를 꾸밀 일도, 재미있게 놀 게임도 없었을 때라
그랬는지 모르지만, 나는 제법 공부를 잘했다.

사회 94
이름: 현근택
수학 92
국어 100

지금 아이들처럼 학원에 다니고
과외를 받지 않았어도 성적은 상위권이었다.

현근택 학생의 성적이 우수하여
이 상을 수여합니다.

짝

짝

짝

그래서인지, 초등학교 시절엔 제법 상을 많이 받았었다.

아버지,
저 상 받았어요!

척!

!

아버지는 평소 웃음이 없는 편이셨지만,

막내인 내가 상을 받아가면 환하게 웃어주셨다.

잘했다, 아들!

쓰담

그럴 때마다, 다음에도 상을 받아
아버지를 기쁘게 해드리고 싶다는 생각을 했다.

어머니는 매일 이런 말씀을 하셨다.

이렇게 살지 않으려면 공부 열심히 해야 한다.

...

근택아, 어멍과 아방은 배우지 못했다.

하루종일 일만하는 고단한 인생을 살고 계셨으니 하시는 말씀이었다.

평생 고생하며 살아온 부모님은 자식들이 같은 고생을 할까 염려하셨던 거다.

근택아, 집에 안 가나?

난 매일같이 학교에 남아 열심히 공부했다.

어려운 현실에서 벗어날 수 있는 길은 공부밖에 없다고 생각했다.

나의 청소년기

근택아~.

어디 있니~.

근택아,
오늘 비가 올 것 같으니
얼른 고구마 심으러 가야 한다.

….

농번기라 빈자리가
많구만~.

휑~

이 시절 농촌에서는 중요한 농작물을 심는 날
학교에 빠지는 건 특별한 일도 아니었다.

특히 고구마는 비가 오기 직전에 심어야만 하는 작물인데,
그때는 수도 시설이 전무하여 농사를 위해 비 오는 날만 기다렸다.

고구마를 심는 날에 일손이 부족하니
가족들이 모두 나를 찾았던 거다.

그러나, 나는 학교에 빠지면 안 되는 사정이 있었다.

그때 중학교에서는 학급 전체가 한 달 동안 개근하면 작은 깃발을 줬고,
당시 3학년 우리 반은 깃발을 계속 받는 중이었다.

더군다나 난 학급의 반장이었기에
어떻게든 학교는 가야 했고,
가족들은 어떻게든 비가 오는 날에 고구마를 심어야만 했다.

나는 식구들이 깨어나기 전에 일어나,
뒷동산 산담 뒤에 몸을 숨겼다.

그리곤 가족들이 밭에 가는 것을 보고 나서야
집에 가서 가방을 싸고, 아침밥을 먹은 후 학교에 갔다.

타 다닷

부릉

죄송합니다,
저도 어쩔 수 없습니다…!

버스 뒤편으로 동네가 멀리 사라지자,
가족들에게 미안하면서도 한편으론 안심이 됐다.

하지만 버스를 탄 순간부터 내내 걱정을 했다.

덜컹

부모님께 뭐라 말씀 드려야 하지?
그저 학교와 반장이라는 임무에
충실하고 싶었을 뿐인데….

현명하고 근사한 선택

집으로 돌아와 내 마음을 그대로 전했더니, 가족들은 나의 이야기를 듣고 모두 웃었다.

…!

녀석, 미리 말을 하지.

쓰담

헤헤…. 죄송해요.

이 일로 인해, 막내가 기를 쓰고 학교에 가려고 한다는 것이 식구들에게 각인이 되었다.

그때부터 나는 집안에서 일종의 특혜를 누리게 되었다.

이날 이후부터는 밭일을 해야 한다는 이유로 학교에 가지 말라는 말은 듣지 않았다.

1부: 내가 살아온 길

지금부터 체조 시험을 보겠습니다.
마지막까지 전부 해야 합니다.

1조는 나오도록!

웅성
끝까지 배우지
않았는데...

웅성
어떻게 마지막 부분까지
하란 말이야...

선생님,
저희 반은 체조를
끝까지 배우지 않았습니다.

번쩍!

...1조 안 나오고
뭐하나!

무시하다니...!

끝까지 배우지 않았습니다.
마지막까지 배운 후에
시험을 보게 해주세요.

버럭!

현근택, 앞으로 나와!

현명하고 근사한 선택

아악!

나머지는 다 나가서 오리걸음으로 운동장 왕복해라!

으으윽….

체육 선생님의 명령에, 나머지 학생들은 운동장으로 나가 오리걸음을 했고,

교실에는 체육 선생님과 나만 단둘이 남게 되었다.

이거는 내가 깜빵에 있을 때 배운 거다.

똑똑히 기억해 둬.

아아아악~~!

중학교 시절 최악의 기억이다.

졸업 이후에도 체육 선생님이 사는 마을을 지나칠 때마다 생각이 났다.

제주의 바다는 내게 또 다른 친구였다.

바람이 불면 박자를 맞추듯 파도를 넘실대며 노래를 부르는 바다.
멀리 고깃배들이 파도에 출렁대며 움직이는 걸 보는 게 좋았다.

하지만 때로는 이 바다를 언제 건너갈 수 있을까 하는 심란함이 들기도 했다.

이 좁은 섬에서 평생토록 살 수는 없다고 생각했다.

저 바다 너머에는
어떤 세상이 있을까?

여기를 떠나면
다시 돌아오고 싶지 않아.

바다는 늘 친구였지만, 미래를 생각하면
바다는 세상을 단절시키는 역할을 하는 것 같았다.

그럴 때면 바다가 미워지기도 했다.

현명하고 근사한 선택

당시, 제주의 학생들은 대학교에 입학하면서 대부분 육지로 나갔다.
고등학생의 반 이상이 졸업과 동시에 제주도를 떠났던 것으로 기억한다.

웅성

웅성

아마도 나와 비슷한 감정이었을 거다.
바다 멀리 동경하던 걸 현실로 만들고 싶다는,
그런 같은 꿈을 모두가 꿨을테니 말이다.

안녕~

하하

모두들 도시에 대해 동경하며 살았기에 제주를 벗어나고 싶어했다.
어쩌면 나 역시도 그랬을지도 모른다.

제주도를
떠나고 싶다.

서울에 가서
살고 싶다.

뿌우

척!

여기 멈춰 있으면
나는 늘 같은 모습으로
살 수밖에 없다.

1부: 내가 살아온 길

사각
사각

연합고사.

끄응...

당시에는 연합고사를 치렀고,
제주시에 있는 고등학교를 배정받았다.

1학년 때는 적응을 못했다. 서울로 왔을 때의 충격보다,
제주시로 왔을 때의 충격이 더 컸었다.

와 아

제주시에서 보이는 모든 것이 낯설었다.

도시로구나….

빵 빵

부유웅

제주도에서 가장 큰 도시였던 제주시가
나에게는 첫 도시 생활의 시작이었다.

현명하고 근사한 선택

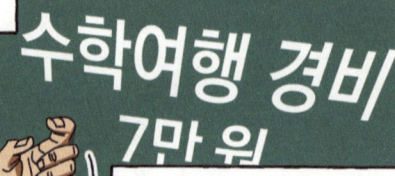

고등학생 시절, 학교에서 수학여행을 가야 하니
경비를 가져오라고 한 적이 있다.

집에 돌아와 이 말을 꺼내야 하나 고민하다,
조심스럽게 입을 열었다.

어머니,
저 학교에서
수학여행을 갑니다.

…수학여행?

그때, 수학여행 비용은 7만 원이었고,
결코 적은 금액이 아니었다.

현명하고 근사한 선택

46

어머니의 표정만으로도 답을 알 수 있었다.
괜히 말했나 싶은 생각이 들었다.

…그래,
얼마냐?

그게….

7만 원… 입니다.

웃차

지금은 돈이 없는데….
앞집에 가서 빌려올까….

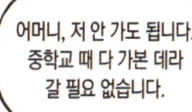

두둥!

어머니, 저 안 가도 됩니다.
중학교 때 다 가본 데라
갈 필요 없습니다.

사실 수학여행지인 서울과 설악산은 가 본 적이 없었지만,
어머니가 자꾸 앞집에 가셔서 돈을 빌려오는 게 싫어 거짓말을 했던 것이다.

친구들이 다 가는 수학여행에 나만 가지 못하는 게,
속상하지 않았다면 거짓말이다.

하지만 아들을 수학여행에 보내지 못하는 부모님의
마음을 생각하면 아쉬움은 별 것도 아니었다.

미안하다.

괜찮아요.

그러나, 선생님께 할 말은 떠오르지 않았다.

선생님께 뭐라고 해야 할까.
솔직히 말해야 하는 걸까?

다음날.

근택아,
넌 왜 수학여행
안 가는데?

별로 가고 싶은
맘이 없어서요.

하핫

당연히 거짓말이었다.
어떤 아이가 수학여행에 가고 싶지 않을까.

그때 이런 생각이 들었다.

이런 건 학교든 국가든
지원을 해줄 수 없는 걸까?

제주 시내로 가니, 공부를 잘하는 아이들이 워낙 많았다.

중학교에선 공부를 좀 하는 편이었는데, 그보다 조금 넓은 세상으로 나가니 소위 잘난 아이들이 넘쳤다.

석차 1등

덜 덜

덜

말도 안 돼….

쿠궁…

그래서 고등학교 1학년 때에는 그다지 좋은 성적을 내지 못했다.

하지만 나름대로 공부하는 데에는 익숙해서인지,

사각

사각

안정을 찾는 건 오래 걸리지 않았다.

다행히 2학년이 되자 성적이 잘 나오기 시작했다.

휴~

근택아, 우리집에 한 번 가보지 않을래?

그래, 좋지!

제주도에서 가장 큰 도시라 그런 건지, 생활 방식이나 습관이 내가 살던 곳과는 많이 달랐다. 말 그대로, 시골 마을과는 차원이 달랐다.

친구들의 집에 가보니, 모두 자기 방을 갖고 있었다.
내게는 없던 책상도 있었다.

부럽지 않았다면 거짓말일 테다.

편하게 앉아,
근택아.

방 엄청 좋다….

수

북

그래서 전보다 공부에 할애하는 시간을 늘렸다.

내게 방은 없다 할지라도,
내가 가진 것은 노력뿐이기에 더 공부해야 했다.

현명하고 근사한 선택

그렇게 나는 대학 시험을 마치고,
서울대학교에서 농촌사회교육학*을 전공했다.

친구들은 다들 경영학을 부전공으로 선택했지만,
나는 사회변혁에 관심이 있어 정치학을 부전공했다.

*후에 '농경제사회학부'로 통합

나의 대학 시절

나의 대학 시절에 세상은 혼돈에 빠져있었고,
거리에는 학생들이 목터져라 민주화를 외쳤다.

초, 중, 고를 거치는 동안은 전혀 몰랐던,
그 모든 상황이 실제라는 게 믿기지 않았다.
내가 우물 안 개구리였단 걸 그제야 알았다.

피 끓는 청춘들은 한곳에 모여 나라를 걱정했고,
잘못된 세상을 바로잡아야 한다고 한 목소리를 냈다.

당시 화염병 특별법이 제정되어,
화염병 제조 또는 운반만 하더라도 처벌받았다.
투척하게 되면 당장 체포 후 구금이었다.
내 주변에서도 많은 사람이 백골단에 체포됐다.

화륵

꺄아악

으악

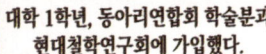
대학 1학년, 동아리연합회 학술분과
현대철학연구회에 가입했다.

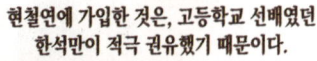
현철연에 가입한 것은, 고등학교 선배였던
한석만이 적극 권유했기 때문이다.

근택아,
현철원에 가입한 걸
환영한다.

대학입시 강사로 유명한 한석만은
대학 시절 나에게 가장 많은 영향을 준 선배이다.

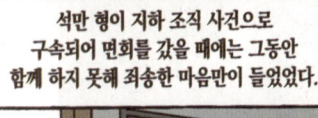
석만 형이 지하 조직 사건으로
구속되어 면회를 갔을 때에는 그동안
함께 하지 못해 죄송한 마음만이 들었었다.

현철연의 선배 중에는 황우석 사태를
최초로 보도한 한학수 PD가 있다.
학수형에게서도 많은 영향을 받았다.

현철연 동아리방에는 '뽀뽀대신'이란 노트가 있었고,
그곳엔 하고 싶은 이야기를 썼던 기억이 있다.

2학년 때는 동아리 회장을 맡았고, 대부분의
대학 생활을 현철연의 선후배와 함께 했다.

현철연에서 사회과학을 공부하며 사회에 대한
관심을 갖게 되었다.

끌꺽

1991년, 박창수 열사가 안치된
안양병원의 입구에서 쇠 파이프를 들고
사수대로 밤을 지새웠던 기억이 있다.

노태우 정권은 백골단과 전경 22개 중대를
안양병원에 투입, 최루탄을 터뜨리며 영안실 벽을
부수고 시신을 탈취했다. 그러고는 일방적으로 부검을
진행하며 '제2의 살인'을 저질렀다.

파스스...

당시 사회시민운동가이자 통일운동가이며 정치인이었던
백기완 선생님은 박창수 열사 진상규명 범국민대책회의
고문을 맡아 투쟁했고, 장례 고문을 맡았다.

선생님,
만나뵙게 되어
영광입니다…!

허어

이후 선생님은 대선 후보에 이름을 올렸다.
젊은 청년들이 백기완 선생님과 함께 하려
모여들었고, 거기엔 나 현근택도 있었다.

기탁금 마련을 위해 라이터를 팔기도 했다.
팔을 걷어붙이고 나서서 목이 터져라 소리쳤다.

백기완 민중 후보를 도와주십시오!

내일까지 기탁금을 마련해야 합니다.
헌데 아직 너무 부족합니다.

모두 우리 백기완 민중후보를
도와주세요!

1992년, 백기완 선생님이 출마했다.

당시 백기완 선거운동 본부에는
선거를 돕고자 나선 청년이 많았다.
그중에는 지금 의원이 된 민병덕도 있었다.

와아아

으아악

하지만 경찰은 민중 후보 선거운동원에 대한
감시를 철저히 하면서 학생들을
연행하는 일이 빈번하게 일어났다.

그렇게 선거는 끝이 났다.

백기완 후보는 1%를 얻는 데 그쳤다.
현실의 벽이 이렇게나 높다는 걸 그때 깨달았다.

하지만 나는 그때를 후회하지 않는다.

권력으로 휘둘리는 세상을 배웠고, 내가 어떻게
살아가야 하는지를 절실히 깨달았기 때문이다.

선생님….
수고 많으셨습니다….

흑…

잘못된 세상에 대해 어떻게 항변해야 하며,
어떻게 따져 물어야 하는지를 명확히 알았다.

파란만장 대학 시절이 지나갔다.
대학원을 진학할 것인가 군에 갈 것인가
고민해야 할 때 형은 이렇게 말했다.

나의 사회생활

근택아, 해병대
장교로 입대해라.

예?

아무래도 해병대는 힘들 것 같아
공군에 지원하기로 하였다.

1994년 3월 공군 사관후보생(92기)으로 입대했고,
6월 공군 소위(정보장교)로 임관했다.

고오 오

사관 후보생이여!
祖國은 그대를 믿는다.

(공군) 39전대 항사대대 판독중대장을 역임했는데, 39전대는 우리 군에서
유일하게 정찰기(RF-4C, RF-5A/B)를 운영하는 부대였다.

한화건설에 취직을 했는데 외환위기 때문에 발령이 보류되고 있던 때에, 오랜만에 친구를 만나 요즘 무슨 일을 하나 물었다.

이번에 합격자도 늘린다고 하니 너도 도전해보지 그래?

웬 사시 공부?

응, 너도 사시 공부 한번 해보는 거 어때?

요즘 회사 그만두고 고시 공부하는 사람들도 많아.

그, 그럴까…?

친구의 말에 마음이 흔들렸지만, 당시 아버지가 세상을 떠나고 어머니 혼자서 농사일 하시는 상태였다.

누구에게도 손을 벌릴 상황이 되지 못했다.

에구구, 삭신이야….

1998년 여름, 나는 가방을 메고 독서실로 향했다. 방법은 군에서 모아놓은 그나마의 돈을 쓰며 최대한 시험에 빨리 합격하는 것뿐이었다.

어떻게 해서든 최대한 빨리 끝내야만 한다.

1부: 내가 살아온 길

쉬지 않고 공부에 열중했다. 힘들고 고달플 땐, 고생하던 아버지와 어머니를 떠올리며 이를 악물었다. 쉽게 포기할 거라면 시작도 안 했을 것이다.

앗, 또….

툭!

사법고시에 합격한다면 많은 일을 해낼 수 있을 거라 생각해 더욱 공부에 매진했다.

그리고 2001년, 제43회 사법시험에 당당히 합격했다. 가슴이 벅차올랐다.

합격 소식을 접하고 곧장 어머니께 전화했다.

흑…

내가 절에 가서 불공을 드렸다. 조상님과 부처님께 감사하다고….

어머니, 저 붙었습니다.

휘오

오

아이고, 근택아…. 수고 많았다.

현근택 제 43회 사법고시 합격

토산1리 청년회

와~

대단하네

고향에서는 잔치가 열렸다.

그때, 아버지의 모습이 떠올라 너무 울컥했다. 억지로 눈물을 꾹 눌러 속으로 삼키느라 무척 힘들었다.

현명하고 근사한 선택

대학 4학년 여름방학 때였다.

근택아, 행정고시를 해보는 게 어떠냐?

행정고시에 붙으면 바로 면장이 된다고 하더라.

아버지, 면장이 사무관은 맞는데, 행정고시에 붙었다고 면장이 되지는 않습니다.

그리고, 고시 공부는 생각해 본 적이 없습니다.

아버지 무덤을 찾아가 절을 했다. 눈물이 펑펑 쏟아졌다. 아버지를 생각하니 가슴이 먹먹했다.

아버지, 사법고시에 합격했습니다.

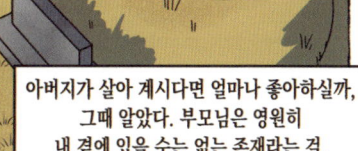

아버지가 살아 계시다면 얼마나 좋아하실까, 그때 알았다. 부모님은 영원히 내 곁에 있을 수는 없는 존재라는 걸.

아버지가 돌아가시고 나서야 공부할 생각을 했습니다….

흐윽…

꾸욱~

너무 늦어서 죄송합니다….

1부: 내가 살아온 길

61

그렇게 나의 새로운 미래가 열리기 시작했다.
사법고시에 합격한 이후, 2004년부터는
참여연대와 민변에서 활동하였다.

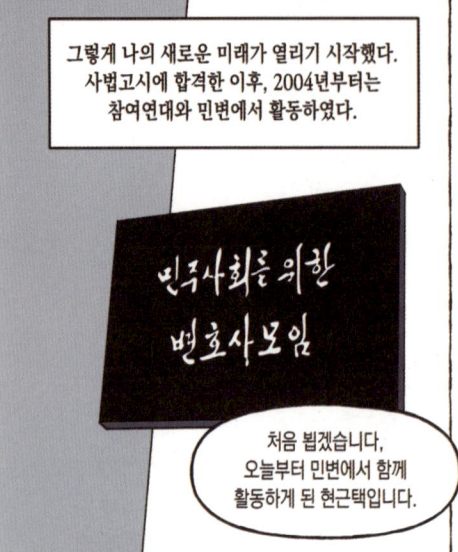

민주사회를위한
변호사모임

처음 뵙겠습니다,
오늘부터 민변에서 함께
활동하게 된 현근택입니다.

그러다 2006년, 용인에서 변호사 사무실을
열게 되었고, 용인 지역에서 수지시민연대 공동대표와
용인경전철 주민소송단 공동대표로 경력을 쌓았다.

2014년에는 용인시장에 출마한 양해경 후보를 도와주었는데,
이를 계기로 지역 정치에도 관심을 갖게 됐다.

런런 용해영 용인을 바꿉니다

새정치민주연합
용인시장 후보
2 양 해 경

찰칵

용인시장이 된다면 반드시
부패와 비리의 사슬을 끊겠으며…

그곳에서 만난 한 선배가 내게 물어왔다.

근택아, 표창원 교수 있잖아.
그분이 다음 총선에 출마하신다는데,
너가 법률 쪽으로 도와드리는 거 어때?

속닥속닥

앗, 저야 좋죠!

현명하고 근사한 선택

그 선배의 제안을 받아들여,
2016년 총선에서 용인에 출마한
표창원 후보를 도왔다.

주로 법률적인 대응을 도왔고,
가끔 홍보나 방송 진행도 돕곤 했다.

브이~

선거가 끝나고,
그 선배는 이렇게 말했다.

근택이 너한테
포상을 하려 하는데,
1급인지는 모르겠네.
받을래?

나는 지금까지 정당 활동을 해보지 않아서, 선거가 끝난 후 상을 준다는 것을 몰랐다.
이에, 어릴 때 상을 받으면 기뻐하셨던 아버지를 생각하며 받겠다고 한 것이다.

상을 주신다는데 마다할 이유가 있나요.
몇 급이든 좋습니다, 선배.

얼마 후

3급도 감사하죠!
입당은 어떻게 하면
되나요?

온라인으로
하면 돼.

입당신청
딸깍

3급은 될 것 같아.
근데 받으려면 입당을
해야 된대.

결국 상은 받지 못 했고,
나중에 당에 들어가 이 이야기를
했더니 다들 웃더랍니다.

어느 날, 추미애 대표님께 전화가 왔다.

현 변호사님,
상근부대변인
해보실래요?

4.3의 유족인 나로서는, 4.3을 해결하는 데
결정적인 역할을 하고, 제1호 명예 제주도민으로 추대된
추미애 대표님의 연락이 너무나도 영광된 일이었다.

더 생각할 게 없었다.
무조건 열심히 해봐야겠다고 생각했다.

물론이죠, 대표님!
맡겨주시면 최선을
다해보겠습니다.

그렇게 나는 2017년 1월,
더불어민주당의 상근부대변인으로 임명되었다.

현명하고 근사한 선택

나는 4.3 사건 때 할아버지를 잃었다.

1948년 제주 4.3 사건은 이승만 정권에서 일어난 대표적 민간인 학살 사건 중 하나다.

제주도민 수만 명이 희생됐고, 거기에 나의 할아버지와 외할머니, 할머니의 아버지도 포함되어 있었다.

추미애 장관은 초선 의원 시절, 1999년 제주 지역신문과 협력하여 4.3 사건에 대한 정부 기록 공식 문서를 찾아냈다.

당시 여당 일각에서는 여러 명분을 들며 4.3 사건 조사를 미뤄라, 목소리를 낮추라고 했었습니다.

그때, 김대중 전 대통령께서 대충 하지 말고, 제대로 해보라고 하셨기에 저는 물러서지 않았습니다.

개혁은 때가 있는 것이고, 때를 놓치면 영원히 할 수 없으니 이번에는 반드시 해내겠다고,

역사의 고통을 계속 미루기만 하면 언제 해결하나 싶었습니다.

우리는 이제 죄없는 사람이다
4·3역사정의 실현 만세!!!
2019

추미애 전 장관은 발을 벗고 나섰다. 그 덕에 정부가 4.3 사건의 진상을 인정했다.

그로 유족들이 진상규명을 공식 요청할 수 있게 되었고, 법적으로 재심 재판도 열 수 있게 되었다.

아, 네. 회장님.
어쩐 일로….

아니, 그게 말이야.
나는 아니라고 알고 있는데,

사람들이 다들
자네가 이해찬 사위라고 하네.
맞아?

덜컹!

네에~?!

저희 집사람도 장인어른도
모두 평산 신 씨인데,
어디서 그런 헛소문이…

Q. 요즘 잇슈 현근택변호사 이혜찬 사위인가요?
현근택은 이혜찬사위인가?

이해찬 사위 현근택 - 부동산 갤러리
2020.09.13. 추미애 아들 변호사 -   official App

m.   com › client › natizen › vivw ▾
000 닷컴
6월 전 - 그런데 이 현근택이라는 분. 방송 패널로도 나오고 이해찬 전 대표 사위라는데 영- 서투
네요.

아하
아
역시ㅋㅋㅋ

현씨 백   나와네
주가 일부러 현씨변호사선임한듯
좌파죽에선 이해찬이 힘이 엄청 세다던데
이재명도 해찬이줄잡고있다던데
에휴

2020년에 온라인 커뮤니티에서
'현근택은 이해찬의 사위'라는 소문이 퍼졌다.

현명하고 근사한 선택

전여옥 전 의원도 내가 추미애 아들의 변호를 하는 것을 보고 블로그에 이런 글을 남겼다.

오늘 추미애 '황제' 아들 변호사가 입장을 밝혔어요.
그런데 이 현근택이라는 분, 방송 패널로도 나오고 이해찬 전대표 사위라는데 영~ 서투르네요.

아무래도 이해찬 대표께서 날 '상근부대변인'으로 임명해주신 후, 상근부대변인으로서 방송에 얼굴을 비추기도 하고,

더불어민주당
상근부대변인 임명장 수여식

짝
짝
짝

추미애 아들 사건도 변호를 맡게 되어 그러한 소문이 나돈 것 같다.

몇 년이 지난 지금도 가끔, 조용히 옆에 다가와서 '이해찬 사위라던데, 맞아요?'라고 물어보는 사람이 있다.

속닥

속닥

이거 혹시나 해서 물어보는 건데…

제 장인어른은 신 씨이십니다.

앗… 죄송….

이 골치 아픈 해프닝 덕분에 가짜뉴스라는 건 절대 쉽게 사라지지 않는다는 것을 알게 됐다.

1부: 내가 살아온 길

때는 2022년 10월 19일. 윤석열 검찰 정권은 서울중앙지검(반부패수사 1부)을 동원하여 이재명 대표의 최측근인 김용을 '정치자금법 위반' 혐의로 체포하였다.

뿐만 아니라, 김용 체포 당일날 검찰은 민주당사(민주연구원)에 대한 압수수색에 나섰고, 이에 민주당은 '무도한 행태'라며 강력히 저항했다.

난 김용 부원장과 함께 민주연구원 부원장이 되었었기에, 직장 동료이자 동지로써 김용 부원장을 변호하게 되었다.

머지 않아 검찰은 또 다시 민주당사에 대한 압수수색에 나섰고, 그러는 동안 나는 변호인 접견을 하며 검찰 수사에 대비하였다.

스트레이트 / 기소 전부터 증거 '술술'

현근택 / 김용 측 변호인

'달랑 요거 한 장 관련된 거를 검찰이 수사하니까 갖다줬다' 그거는 제가 보기에 이OO의 진술하고 똑같아요.

뿐만 아니라, 이러한 검찰의 부당한 수사를 알리기 위하여 방송에 나가 호소를 하며 힘썼다.

현명하고 근사한 선택

본격적인 재판이 시작될 무렵,
이화영 전 부지사 측에서 변호인을
맡아달라는 연락이 왔다.

변호를
부탁합니다.

잘 부탁드립니다.

재판이 시작되면, 판사 출신 변호사가 주된 역할을 하게 되어있어
김용 부원장의 변호에서는 빠지고, 이화영의 변호인을 맡기로 했다.

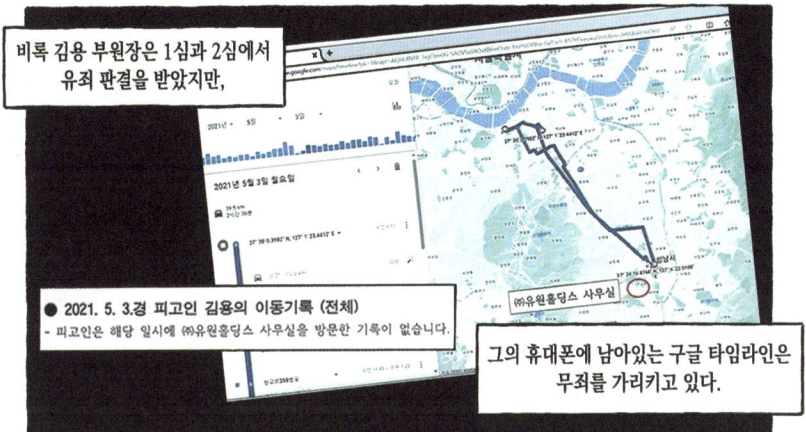

비록 김용 부원장은 1심과 2심에서
유죄 판결을 받았지만,

● 2021. 5. 3.경 피고인 김용의 이동기록 (전체)
- 피고인은 해당 일시에 ㈜유원홀딩스 사무실을 방문한 기록이 없습니다.

㈜유원홀딩스 사무실

그의 휴대폰에 남아있는 구글 타임라인은
무죄를 가리키고 있다.

김용 부원장을 끝까지 돕지 못한 것에 대한 미안함이 남아있다.
하루 속히 대법원이 무죄취지로 파기환송하여 자유의 몸이 되길 기원한다.

이재명의 대변인

2007년 겨울, 성남에서
변호사 모임이 있었다.

사법연수원 32기로 성남에서
변호사 사무실을 운영하는 변호사 두 명과

사법연수원 33기로 노동법학회 등에서
활동하던 변호사 세 명,

그리고 2006년 성남시장에 출마했던 이재명 변호사까지,
총 여섯 명이 모인 변호사 모임이었다.

당시 이재명 변호사는 법무법인 '새길'에 소속되어 있었는데, 정치 활동을 활발히 하기 위해 새로운 법무법인을 만들 생각이었다.

성남법원 앞은 어때요?

에이, 야탑역 쪽이 낫지 않나?

해서, 우린 법무법인을 만든다면 아예 새로 만들 것인지, 위치는 어디로 할 것이며, 공증 업무도 할 것인가에 대한 이야기를 오랫동안 나누었다.

이재명 변호사는 내가 수지구청 앞에 개업한 것을 알곤 이렇게 말했다.

껄껄

어쩌다 거기 개업하셨나요? 저도 처음엔 성남시청 앞에 개업했다가, 1년 만에 법원 앞으로 이전했습니다.

그땐 각자의 상황이 있었고, 기존에 운영하던 사무실들이 있었기에 함께 법무법인을 만들진 못했다.

만약, 우리가 함께 법무법인을 만들었다면 어땠을까.

이재명 대통령과는
변호사 시절부터 알고 있었다.

2008년에 그가 성남법원 앞에
개인 변호사 사무실을 열었는데,
한 번은 그곳에 찾아간 적이 있다.

안녕하십니까,
현근택입니다.

이쪽은 제 대학 친구이자
이곳 사무장인 이영진입니다.

안녕하세요,
이영진이라고 합니다.

저건….

꾸벅

'민생변호, 세정평온'이라….
변호사로서의 좌우명일까?

또 언제는 공교롭게도 법정에서 상대측 변호인으로 마주한 적도 있다.

앗.

스윽

꾸벅

법정에서 만나뵐 줄이야⋯. 변호하시는 모습은 어떨까?

그날, 증인신문을 정말 치열하게 하시는 모습이 매우 인상적이었습니다.

증인, 지금 이 자리는 위증 시 처벌을 받겠다고 선서한 법정입니다.

방금 본인의 증언이 객관적인 증거 자료와 배치된다는 점을 정말 모르고 하시는 말씀입니까?

시간이 흘러 2016년 겨울에는, 용인 포럼의 대표로서 용인 포은 아트홀에서 대선에 출마했던 이재명 후보를 초청하여 강의를 진행하기도 하였다.

내가 MBC 라디오의 '정치인싸'의 고정 출연이던 시기에, 당시 국민의힘 대선주자이자 전 제주도지사였던 원희룡이 출연하게 됐었다.

그는 나와 같은 제주 출신일 뿐만 아니라, 고등학교와 대학교 동문인 동시에, 법조계에서도 직속 선배였다.

또한 제주 지역사회에서는 감히 건드릴 수 없는, 이른바 영웅 같은 존재이기도 했다.

그러나 라디오 출연 직전, 정신과 전문의인 원희룡 전 제주도지사의 부인 강윤형씨가 유튜브 방송에서 이런 발언을 한다.

그분(이재명)의 행동 패턴을 보면 소시오패스적 경향이 보입니다.

현명하고 근사한 선택

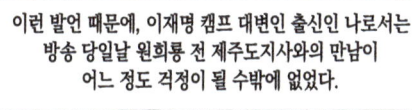
이런 발언 때문에, 이재명 캠프 대변인 출신인 나로서는
방송 당일날 원희룡 전 제주도지사와의 만남이
어느 정도 걱정이 될 수밖에 없었다.

오늘의 초대손님은 국민의힘 대선후보, 원희룡 전 제주도지사께서 나와주셨습니다.

안녕하세요, 원희룡입니다.

부인 분 관련한 질문이 가장 많이 들어오고 있는데, 후보자 본인 이야기를 들어보고 싶습니다.

저는 평생 어떠한 경우라해도 제 아내 편에 서기로 서약하고 결혼했기 때문에, 제 아내의 발언을 전적으로 지지합니다.

아니, 사과가 아니라 이런 식으로 나온다고?

평소에 (이재명이) 어떤 유형인 지에 대하여 얘기를 주고 받은 내용은 있습니다.

꾸욱··

방송이라 그런지, 아내가 너무 완화시켜서 얘기했더라고요.

공식적으로 사과하실 생각이 없으신 것 같아요.

의사가 이렇게 이야기 하는 것은 단순 의견 표명으로 볼 수 없고요,

선거법에도 걸리고, 인신공격이니 공개적으로 사과를 하시라고 말씀드리고 싶습니다.

지금 협박하는 겁니까! 법적조치하세요! 책임진다니까!

버럭!

의견을 말씀드리는 거예요. 왜 말을 못하게 하세요!

이재명 지사가 소시오패스인지 아닌지 알아요?!

모르죠! 근거가 뭔데요!

다들 진정하시고요...

아 수

타 장

저도 몰라요!!

언쟁 이후, 제작진의 권유로
내가 고정 출연이기에 이날 방송에서는
빠지는 것으로 했다.

… 광고 듣고 오겠습니다.

….

터

엉~

니가 어떻게 원희룡 선배한테
그럴 수가 있냐?

우우…

그날 이후로 고등학교 동문들과
제주 지역사회로부터 비난과 지탄을 받게 되었다.

현명하고 근사한 선택

78

심지어는 3건의 고발까지 당했다.

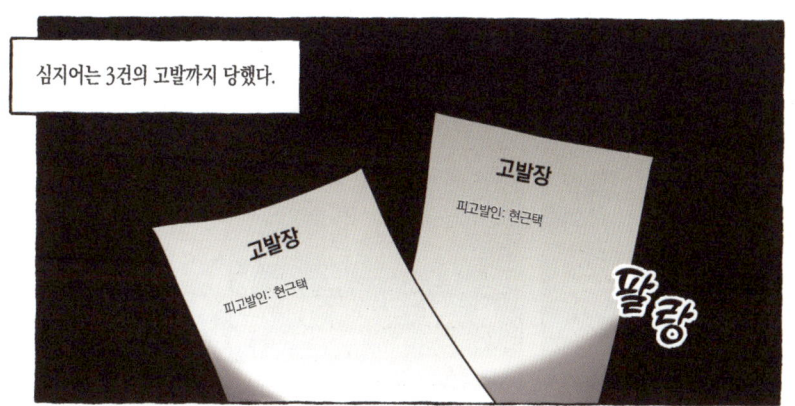

하지만 후회는 없다.
누군가는 온몸을 던져 막아내야 했으니까.

그것이 대변인이라는 역할의 무게니까.

1부: 내가 살아온 길

이재명 캠프의 대변인을 맡았던
2022년은 정말 다사다난했다.

코바나 콘텐츠에서
움직인다는
얘기가 있습니다.

무속인의 딸이 경선 때부터
SNS를 관리하면서 서초동에
있는 것이 아니냐는 얘기가 있어요.

김건희 씨
윤 후보 선대본에 깊이 개입?

2022.01.18 YTN '더뉴스'

딸이 김건희씨 수행하고 있다, SNS관리하고 있다,
처남이 윤석열 후보 수행하고 있다는 것이
언론 보도에 나오고 있습니다.

이에 국민의힘은 김건희 여사를 비방하여 공직선거법(제251조)을 위반하고,
허위사실을 공표하여 김건희 여사의 명예를 훼손한 것이라며,
정보통신망법위반(제70조제2항)으로 고발했다.

현명하고 근사한 선택

그리하여 분당경찰서에 출석하여 조사를 받았다.

더라이브 방송에서 이런 발언하셨고,
더뉴스 방송에서도 이런 발언하셨고…

법적으로 거리낄 것이 없었기 때문에,
성실하게 출석하여 답변하였다.

네, 맞습니다.

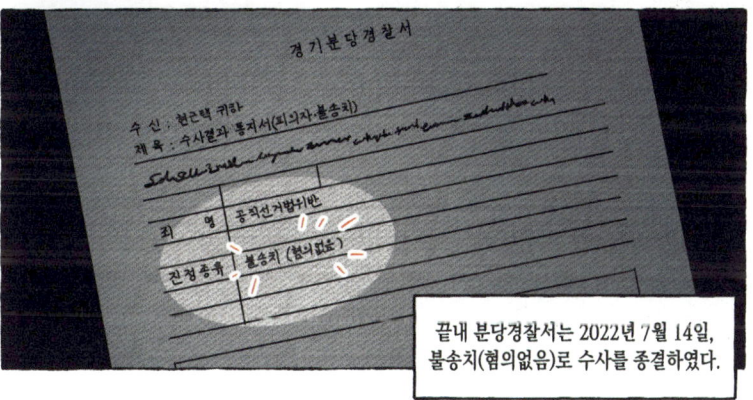

끝내 분당경찰서는 2022년 7월 14일,
불송치(혐의없음)로 수사를 종결하였다.

1부: 내가 살아온 길

2022.02.27, CBS라디오 '김현정의 뉴스쇼'

김혜경씨가 직접 지시했다고 하여 관여했다는 것은 없습니다, 지금까지.

위의 발언으로, 국민의힘은 나를 '허위사실을 공표하여 공직선거법을 위반한 것'이라며 고발하였다.

고 발 장

• 허위사실 공표 혐의

피고발인 : 한근혜
고 발 인 : 국민의힘

경기남부경찰청

그래서 이번에는 경기남부경찰청에 출석하여 조사를 받았고, 7월 6일에 경기남부경찰청은 불송치(혐의없음)로 수사를 종결했다.

연합뉴스TV

김혜경이 공무원을 통해 폐경 관련 호르몬약을 대리처방 받았다는 것은 오버입니다.

이 발언으로 또다시 국민의힘에게 허위사실 공표로 공직선거법을 위반하였다고 고발 당하였다.

고 발 장

피고발인: 현근택

공직선거법위반(허위사실공표)

이런 식으로 패널이 방송에 나가 발언한 말에 대하여 고발하는 것은 언론 및 표현의 자유를 제약하는 행위로, 문제의 여지가 많다.

2022년에는 이재명 캠프의 대변인으로서 수차례 고발을 당하고, 수사를 받으며 싸웠다.

1부: 내가 살아온 길

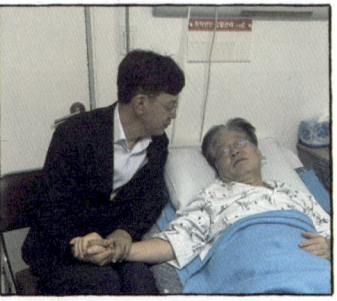

현명하고 근사한 선택

2부

토산리의
비극

4·3 유가족

포고령과 계엄령을
발령하다

1948년 10월 17일, 제9연대장(송요찬 소령)은 "해안선에서 5km 이상 떨어진 중산간 지점을 통행하는 자는 이유 여하를 불문하고 폭도로 간주하여 총살하겠다."라는 포고령을 발표했습니다.

『제9연대장 포고문』

본도의 치안을 파괴하고 양민의 안주를 위협하여 국권 침범을 기도하는 일부 불순분자에 대하여 군은 정부의 최고 지령을 봉지(奉持)하여 차등(此等) 매국적 행동에 단호 철추를 가하여 본도의 평화를 유지하며 민족의 영화와 안전의 대업을 수행할 임무를 가지고 군은 극렬자를 철저 숙청코자 하니 도민의 적극적이며 희생적인 협조를 요망하는 바이다. 군은 한라산 일대에 잠복하여 천인공노할 만행을 감행하는 매국 극렬분자를 소탕하기 위하여 10월 20일 이후 군 행동 종료 기간 중 전도 해안선부터 5㎞ 이외의 지점 및 산악지대의 무허가 통행금지를 포고함.

만일 차(此) 포고에 위반하는 자에 대하여서는 그 이유 여하를 불구하고 폭도배로 인정하여 총살에 처할 것임. 단 특수한 용무로 산악지대 통행을 필요로 하는 자는 그 청원에 의하여 군 발행 특별통행증을 교부하여 그 안전을 보증함.

1948년 11월 17일, 이승만 전 대통령은 제주도에 계엄령을 선포했습니다. 계엄사령관으로 육군 제9연대장(송요찬 소령)을 임명하였습니다. 계엄령은 1948년 12월 31일 해제될 때까지 약 한 달 보름간 지속됐습니다.

『제주도 지구 계엄선포에 관한 건(대통령령 제31호)』

제주도의 반란을 급속히 진정하기 위하여 동 지구를 합위(合圍)지경으로 정하고 본령(本令) 공포일부터 계엄을 시행할 것을 선포한다. 계엄사령관은 제주도 주둔 육군 9연대장으로 한다.

단기 4281년 11월 17일 대통령 이승만

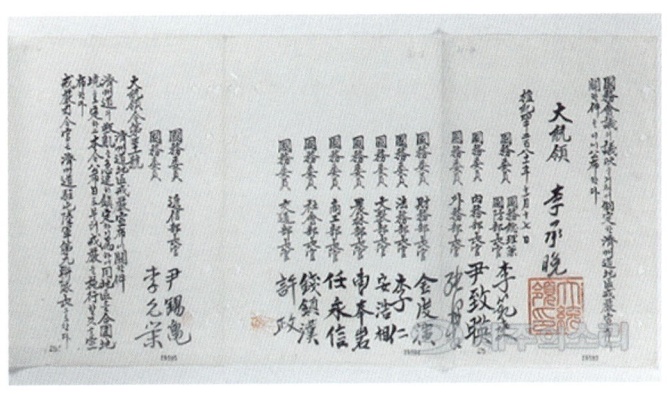

'제주도지구 계엄선포에 관한 건' 문서

초토화 작전이
벌어지다

1948년 10월 말부터 1949년 3월까지 약 5개월 동안 진행된 초토화 작전 시기에 집중적인 집단 학살이 발생했습니다. 4·3사건 희생자는 2만 5천여 명에서 3만여 명으로 추정됩니다. 1948년 9월 말까지의 희생자가 약 1,000명 미만이었다는 점을 고려할 때, 초토화 작전 시기에 얼마나 많은 사람이 희생되었는지 알 수 있습니다.

토벌대는 무장대와 주민들의 연계를 막는다는 핑계로 중산간 마을 주민들을 해안마을로 강제 소개했습니다. 이는 수많은 주민이 희생되는 결과를 가져왔습니다.

당시 환자나 아이, 노인 등을 포함한 일부 주민들은 소개령이 내려졌음에도 불구하고, 마을을 떠나지 못하고 그대로 남아있는 경우가 많이 있었습니다. 그 상황에서 토벌대는 이들에 대한 무차별 학살을 자행했으며, 100여 곳의 중산간 마을을 불태웠습니다. 소개령이 전달돼 해변마을로 왔다 하더라도 가족 중 한 명이라도 사라지면 '도피자 가족'이라고 낙인찍어 총살했습니다.

이뿐만이 아닙니다. 소개령을 전달하지도 않고 방화와 학살을 저지른 경우도 종종 있었습니다. 이러한 무차별적인 소개 작전 때문에 주민들은 이를 피해 입산할 수밖에 없었습니다.

무자비했던 초토화 작전 관련 증언

9연대 군수참모이던 김○○은 "그때 초토화 작전이라는 말을 했는데 싹 쓸어버린다는 말이었다. 그러니까 (중산간 마을에) 사는 사람들 때문에 산에 올라간 무장세력이 도움받을 수 있으니 분리한다는 것이었다. 그러니까 거기에 있는 사람은 적이라는 작전 개념이었다."라고 증언하였습니다.

9연대 선임하사였던 윤○○은 "송요찬 연대장은 초토화 작전을 폈다. 거처 가능한 곳을 없애거나 불태우라고 했는데 이런 일은 육지에서도 없었나. 초도화 작전이 상부의 지시인

지 혹은 연대장 독단인지는 모르겠지만, 송요찬 연대장은 일본군 출신으로 무자비하게 사람을 죽였다."라고 증언하였습니다.

미군 정보보고서에는 "9연대는 중산간 지대에 위치한 마을의 모든 주민이 명백히 게릴라부대에 도움과 편의를 제공하고 있다는 가정 아래, 마을 주민에 대한 '대량 학살 계획 (program of mass slaughter)'을 채택했다."라고 기재되어 있습니다.*

---

*   『제주 4·3사건 진상 보고서』(2003), 293면

토산리 주민을
집단 학살하다

앞서 내려진 소개령은 해안선에서 5km 이상 떨어진 마을을 대상으로 한 것이었습니다. 해안선에서 5km 이상 떨어진 마을들이 불에 타고 주민들이 해안가로 이주하던 당시에 제가 살던 마을은 제외되었습니다. 마을이 해안가에서 약 2~3km밖에 떨어지지 않았기 때문입니다.

하지만 소개령이 끝이 아니었습니다. 저희 마을의 비극은 1948년 12월 12일부터 시작되었습니다. 군인들은 웃토산(토산 1리) 사람들에게 알토산(토산 2리)으로 이주할 것을 명령하였습니다. 이웃 마을에서 학살 소식을 듣고 있던 주민들은 군인늘의 명령에 나라 알토산으로 이주하였습니다. 친척이 있

토산리 향사 옛터 (4·3유적지)

표선 한모살 (4·3유적지)

표선 4·3 희생자 위령탑

표선 4·3 희생자 위령탑

으면 친척 집으로 갔고 아는 사람의 집으로 가기도 했습니다. 창고나 마구간도 마다하지 않고 임시로 거주해야 했습니다.

1948년 12월 15일 저녁, 9연대 군인들의 명령에 따라 어린 아이들까지 부모의 손을 붙잡고 마을회관 인근 향사(鄕社)에 모였습니다. 웃토산 사람들에게 알토산으로 이주하라는 명령이 떨어진 지 이틀 만이었습니다. 군인들은 혹여나 빠진 사람이 있을까 집마다 돌아다니면서 사람들을 끌고 왔습니다. 군인들이 앞에 섰고, 철장을 든 의용대원들(민간인)이 주위를 에워쌌다고 합니다.

소개령 이후 한모살에서 일어난 비극

군인들은 "토산리 남자들은 18세부터 40세까지 따로 모이라."고 명령했습니다. 그러고는 남자들을 포승줄로 묶은 채로, 표선초등학교로 끌고 가 강당에 수용하였습니다.

그리고 1948년 12월 18일부터 19일까지, 토산리 주민 약 150명이 표선 백사장(한모살·당케)에서 총살되는 일이 벌어졌습니다. '한'은 크다는 뜻이고 '모살'은 모래의 제주도 말입니다. 이곳에서 주민들은 이유도 모른 채 죄 없이 세상을 떠나야 했습니다.

어릴 때부터 총알을 아끼기 위해 사람들을 일렬로 세워놓은 채 한꺼번에 총살했다는 말을 종종 들어왔습니다. 당시 군인들은 철장을 든 의용대원에게 주민들이 완전히 죽었는지 확인하라고 시키는 등 잔혹한 행위를 자행했습니다.

『토산리 실상기』를
발표하다

    고 김양학 할아버지가 1987년에 작성한 『토산리 실상기』는 4·3사건의 진실을 알리고 우리 마을의 실상을 알리는데 결정적인 기여를 했습니다.

    고 김양학 할아버지는 형(현○○)이 장교로 군대에 갈 수 있게 도움을 주시기도 했습니다. 형이 학사 장교에 지원했는데, 보안대에서 할아버지가 4·3사건 때 돌아가신 것을 문제 삼았습니다. 그때 고 김양학 할아버지가 사정을 설명해 줘서 겨우 합격할 수 있었습니다. 『4·3과 평화』(2000.8.)에 실린 고 김양학 할아버지의 특별인터뷰 '토산리의 한(恨)은 씻겨졌을까'를 보면 형에 내한 부분이 나옵니다.

'토산리의 한(恨)은 씻겨졌을까' 김양학 특별인터뷰

"표선 모래사장이 지금은 관광지로 변모했지만, 나는 사태 이후 지금까지 그곳에 한 번도 들어가 본 적이 없어. 너무나 한이 맺힌 곳이 돼서 백사장을 볼 때마다 4·3사건을 되새기게 되거든."*

"4·3사건 당시 제주도야 피해가 없는 곳이 없겠지만 토산리같이 18세 이상 40세까지의 사람들, 거의 한 세대가 몰살당한 사례는 보기 힘들어요. 그 사람들은 그냥 착하게 토벌대 명령에 따라 향사(리사무소)와 표선 백사장에 모였을 뿐인데, 설마 학살하리라고는 생각하지 못했겠죠. 다소 과격한 표현이지만 『토산리 실상기』에 그런 내용을 적었어요. '표선 백사장으로 끌고 가서 죄의 유무도 가리지 않고 총으로 폭살하고 창으로 도륙하였으니, 진통의 울음소리는 천지를 진동하면서 씻을 수 없는 한을 남기었습니다'라고요."

"85년도에 이장을 맡고 자체적으로 4·3 피해 조사 초안을 잡아 마을 어르신들에게 4·3 당시 증언을 들었죠. 4·3에 대한 후유증과 두려움으로 거부당했던 게 대부분인데 억울하게 죽은 이들에 대한 보상과 유족들의 위로 차원에서라도 『토산리 실상기』를 완성해야 되겠다는 생각뿐이었어요."

*   1987년 12월, 김양학 증언

『토산리 실상기』가 발표되고 나서 어르신은 경찰서, 보안대 등에서 '찍힌 몸'이 됐다. 그런데도 불구하고 학살에 대한 탄원서를 제출하기 위한 주민 서명을 받고 피해 조사를 다녔다. 1993년, 제주도의회 4·3 특별위원회가 처음 4·3 피해자 신고를 받기 이전부터 어르신은 자체적으로 토산리에서 주민 피해 신고를 독려했다.

"공안 기관에서 하도 전화가 많이 오길래 '내가 무슨 잘못이 있느냐? 이렇게 위화감 주지 말고 나를 (감옥에) 처넣어라. 나는 어디에 가 죽든 살든 내가 듣고 본 것을 그대로 서술한 것뿐이지 보탬도 덜함도 없으니 알아서 하라'고 말했어요."

4·3사건에 의한 주민들의 연좌제 피해도 막기 위해 무던히 애썼다. 『토산리 실상기』를 쓰고 난 뒤 자기 친척도 공직에서 '옷 벗을 뻔했다'라며 외압을 받은 사실이 있었지만 그렇다고 이웃의 고충을 외면하지 않았다.

"우리 동네 아이**가 학사장교로 진로를 잡았는데 신원조회 결과 아이의 할아버지가 4·3 당시에 죽었다는 이유로 받아주지 않았었어요. 그래서 저는 당시 성산포 파견 보안대장에게 자세한 사정을 말했고 그 결과 장교 입대가 허용돼 중령으로 제대할 수 있었죠."

**   제 형입니다.

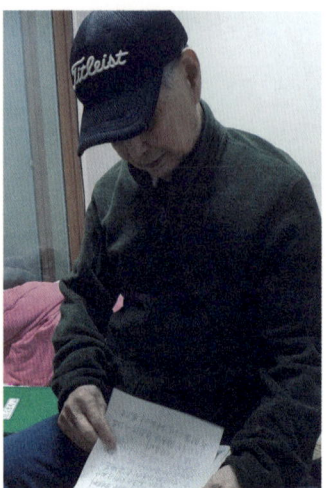

김양학 할아버지의 생전 모습

「우리(토산리)의 한」 전문

토산리 마을은 제주도 동남단에 위치한 촌락으로서 200여 가구가 농업을 생업으로 하여 살아가면서 4·3사건 당시만 해도 마을에 국민학교 졸업생이 몇 안 되어 사상이 무엇인지조차 모르는 철부지하고 순박한 향민이었습니다.

경찰에서 보초를 서라면 보초를 서고, 북쪽에서 총소리나 고함 소리가 나면 남으로 뛰고, 남쪽에서 총소리가 나면 북쪽으로 뛰면서 동분서주하여 남녀노소를 막론하고 공포에 떨면서 살고 죽는 것이 촌각에 달린 것 같은 순간순간을 보내던 서기 1948년 음력 11월 12일, 중산촌 토산 1리에 거주하는 리민은 바닷가에 위치한 토산 2리로 전부 철거하라는 명령에 의하여 일제히 철거를 해서 오막살이나 소 외양간 등 닥치는 대로 빌려주고 빌리고 해서 1, 2리가 순식간에 2개 마을이 1개 마을로 형성되어 세상을 원망하고 한숨만 짓던 서기 1948년 12월 14일, 오후 5시경 표선에 주둔했던 제9연대와 부수 대원들이 마을에 들이닥쳐 리민들을 향사에 집합시키고, 그중 18세 이상 40세까지 분리하여 뱃줄로 포승하고 표선으로 끌고 가서 죄의 유무도 가리지 않고 광포한 군인 한 사나이의 명령에 따라 무지하게 총으로 폭살하고, 창으로 도륙하였으니 표선 백사장은 피바다가 되고 진통의 울음소리는 천지를 진동하면서 우리 마을의 비극은 시작되고, 우리 청장년 모두의 죽음은 한에 한을 이으면서 넝원히 씻을 수 없는 한을 남겼습니다.

이처럼 청장년이 모조리 몰살당한 이 고장의 참혹상과 가공할 운명 속에서 죽음의 아픔보다 더한 아픔을 겪어야 했던 노부모와 할아버지 할머니, 남편을 잃은 홀어머니, 유복자부터 강보에 싸인 10세 전후의 어린이들이, 불쌍하고 가련한 생명들이 집 없고 쌀도 없다시피 한 폐허의 땅 위에서 어떻게 살아왔는가를 그때의 실상을 글로써 이루 표현할 수가 있겠습니까.

모든 것을 다 잃고 한숨과 눈물마저 메말라 버린 노부모에게 모진 생명을 버리지 못하고 한 가닥 희망이 있었다면 강보에 싸인 어린 자식이나 손자에게 몸과 생애를 걸어 칠십 노구에도 밭을 갈고 김을 매면서 끝없는 한숨을 쉬어야 했으니, 이 기구한 운명을 걸고 죽는 순간까지 살아야 했던 우리 부모와 할아버지, 할머니의 한이 죽은 자 보다 더 고되고 아픈 첫 번째 한이요.

하늘과 같은 남편을 뜻밖에 잃고 뼈를 깎는 아픔 속에 노부모를 모시고 어린 자식을 뙤약볕이 내리 쬐이는 밭머리에 눕히고 김을 매면서 심장이 멈추는 듯한 울음소리를 듣고 피를 토하는 아픔을 참아야 했던 우리 어머님들의 삶이 두 번째 한이요.

재롱을 부리고 어리광이나 부리면서 학교에 가고 뛰어놀며 정상적인 성장을 해야 할 10대 소년이 소를 몰아 땀을 흘리고 몸과 마음을 떨면서 밭을 갈아야 하는 엄청난 고행의 농군이 되고, 배움의 길을 잃거나 정상 교육을 받지 못하여 전 생애의 울분을 참고 극복해야 하는 것이 현재의 우리들이 안고 있는 세 번째의 한이요.

어느 땅 어느 사회에서나 그러하듯이 사람 없고 힘없어 가난했으므로 주위에서의 멸시와 수모, 그리고 갖은 치욕을 한없이 받아왔던 것이 네 번째의 한이요.

그곳 백사장을 먼 곳에서만 보아도 몸서리치고, 우리 부모·형제, 동네 삼촌이 참혹하게 갔던 곳으로 천륜의 아픔을 뼈저리게 삼키면서 한숨을 쉬지 않을 수 없는 것이 다섯 번째의 한이요.

젊은 한 세대의 죽음으로 인하여 후 세대가 정상적으로 이어지지 않아 가문의 유지와 지역발전에도 인적자원이 크게 모자라는 것이 여섯 번째의 한입니다.

2백여 가구에 1백 57여 명의 운명을 죽음의 소굴로 몰아넣은 이 사건에 대해 만시지탄이나 이제라도 정부 당국은 거도적으로 제주도 4·3사건 진상조사를 철저히 하여 정치적, 인도적 양심과 법적 차원에서 최선의 조치를 다해 주시기를 몰살당한 유가족 연명으로 강력히 호소하는 바입니다.

　　　　　　　　　　　　　　　- 87년 여름, 토산리민 공동 작성

『토산리 실상기』

영화 『목소리들』이 제작되다

1948년 12월 15일, 토산리 향사에 주민들이 모였을 때입니다. 군인들은 "달을 쳐다보라."라고 말하고 여자들 사이를 돌아다니면서 젊고 예쁜 여자들을 연행하여 차로 끌고 갔습니다.

남자들이 처형되고 일주일 후, 끌려갔던 여자들이 처형되었습니다. 일주일 동안 어디에서 무엇을 했는지는 밝혀지지 않았습니다. 다만 군인들에게 끌려갔던 여자들이 어떠한 일을 당했을지 미루어 짐작할 뿐입니다.

당시 유일한 생존자의 증언이 영화로 제작되었습니다. 주인공은 앞집 할머니입니다. 어릴 석부터 건강이 안 좋으신 할머니로만 알고 있었는데, 이러한 비극적인 사연이 있는지는 영화를 보고 알게 되었습니다. 앞집에 살던 할머니인데도 아픔을 모르고 지내왔다는 것이 죄송할 뿐입니다.

영화 『목소리들』은 수원시 평생학습관에서 4월 30일에 상영했습니다. 당시 영화를 연출하신 지혜원 감독님에게 저희 마을에 대해서 많은 이야기를 들을 수 있었습니다. 4·3사건의 실상에 대해 저보다 더 많이 알고 있는 것이 부끄러웠습니다.

『목소리들』 - 기획 의도

1948년 봄, 마을의 젊은 여자들이 한꺼번에 끌려가 며칠 후 모두 사살되었다. 그때 한 사람의 소녀가 살아 돌아왔다. 그러나 유일한 생존자이며 목격자인 그녀는 그곳에서 무슨 일이 있었는지 한평생 입을 열지 않았다.

그해 이후 7년 7개월 동안 제주도는 죽음의 섬이었다. 대한민국 군대와 경찰이 공산 빨치산 소탕이라는 명목으로 섬 주민 3만여 명을 학살하고 집을 불 질렀다.

당시 피해자의 상당 부분은 여성들이었지만 그들이 입은 피해는 오래 알려지지 않았다. 한 소녀는 면전에서 할머니가 칼에 찔려 죽는 것을 목격하고 자신도 전신에 7곳에 달하는 자상을 입었다. 또 다른 소녀는 젊은 임신부의 옷을 벗기고 그 부푼 배를 창칼로 찔러 죽이는 것을 지켜봐야 했다.

많은 소녀들이 강간당하고 살해당했다. 살아남은 여성들은 치욕 때문에 입을 다물었다. 깊은 트라우마에 시달리면서도 여성이라는 이유로 그들은 지금까지 감히 목소리를 내지 못했다.

그들이 시련을 견디어 내는 동안 어언 70여 년의 세월이 흘렀다. 현재 피해자들 대다수는 세상을 떠났고, 극소수만 생존해 있다.

「목소리들」 - 등장인물

김은순

젊은 여성들이 끌려간 후 집단 사살된 토산리 달빛 사건의 유일한 생존자.

언니와 함께 토벌대에게 잡혀갔다 며칠 만에 혼자서 살아왔다.

영화 『목소리들』을 관람하다

2025년 4월 20일에 4·3사건을 소재로 한 영화 『목소리들』을 봤습니다. 아내와 큰딸과 함께 본 것은 현명한 선택이었습니다. 우리 동네(표선면 토산리)가 나온다는 것은 알았지만, 앞집 어머님(김은순 씨)이 주인공인지는 몰랐습니다. 영화를 보고서야 앞집 어머님의 사연을 알았습니다.

이 사건의 피해자는 앞집 어머님만이 아닙니다. 저희 할머니는 1997년에 돌아가실 때까지 희생자인 당신의 아버지와 남편에 대해 단 한 마디도 꺼내신 적이 없습니다. 고향에 계신 저의 어머니도 당시 돌아가셨던 당신의 어머니, 즉 제 외할머니에 대한 언급을 거의 하지 않았습니다.

온 동네가 같은 날 제사 지내는 아픔

우리 동네는 같은 날, 즉 음력 11월 18일과 19일에 두 집 걸러 한 집에서 제사를 지냅니다. 약 150가구가 같은 날 제사를 지내면서도 아무도 그날에 대한 말을 꺼내지 않습니다. 간만에 앞집 형님인 정인창 씨(김은순 씨의 아들)와 통화를 했습니다. 영화가 만들어진 과정과 뒷이야기를 많이 들었습니다.

얼마 전에 영화에 나오는 김양학 삼촌(제주에서는 어른을 삼촌이라 함)이 돌아가셨습니다. 저희 마을에서 있었던 일을 기록하고 외부에 알리는 일에 주저하지 않았던 분입니다. 이 사건 때문에 우리 동네 사람들은 공무원이 될 때마다 연좌제로 어려움이 많았습니다. 김양학 삼촌은 그럴 때마다 도움을 주셨던 고마운 분입니다. 저희 형도 도움받은 이 중의 한 명입니다.

삼촌께서 지혜원 감독님에게 "우리 마을에 현근택 변호사라고 유명한 정치인이 있다."라고 전했다는 이야기도 들었습니다. 초등학교, 중학교 여자 동창의 아버지이기도 해서 조문을 가봐야 했는데, 직접 가보지 못하여 죄송한 마음을 금할 수 없었습니다. 삼가 고인의 명복을 빕니다.

지혜원 감독을 만나다

2025년 4월 30일, 지혜원 감독님을 만났습니다. 4·3사건 관련 영화 『목소리들』을 만드신 분입니다. 수원시 평생학습관에서 한강 소설 읽기 모임의 주도하에 영화를 상영하고 감독님을 초대했습니다.

지 감독님이 우리 마을(표선면 토산리)에 대해 저보다 더 많이 알고 있어서 깜짝 놀랐습니다. 2년간 30여 명을 인터뷰했고 4명을 영화에 담았다고 합니다.

그중에 한 분이 앞집 어머님(김은순 씨)입니다. 감독님은 인터뷰하고 싶었지만, 하지 못한 분들도 많다고 합니다. 77년이나 지났으니, 생존자들이 많지 않을 터입니다. 감독님이 조금 더 힘을 내셔서 한 분이라도 더 인터뷰해 주셨으면 좋겠습니다. 이들을 모아 더 훌륭한 영화가 만들어지길 기대합니다.

한강 소설 『작별하지 않는다』에서도 우리 마을 이야기가 나옵니다. 소설에서 'P읍'은 표선면으로 보입니다. 그동안 우리 마을 사람들은 항상 이야기해 왔습니다. 토산리도 희생자가 많고 사연이 많은데 너무 알려지지 않았다고요.

이 영화는 그런 면에서 저를 비롯해 마을 사람들의 아쉬움을 달래주었습니다. 지혜원 감녹님, 감사합니다.

지혜원 감독

희생된
우리 가족

(1) 할아버지(현흥욱, 토산리)

1948년 12월 19일, 표선 백사장(한모살)에서 토산리 주민 150여 명이 집단 학살될 때 희생되셨습니다. 사진도 없고 얼굴도 모릅니다.

(2) 외할머니(오경규, 가시리)

1948년 12월 16일, 먹을 것을 구하러 다니다가 토벌대의 총에 맞아 돌아가셨습니다.

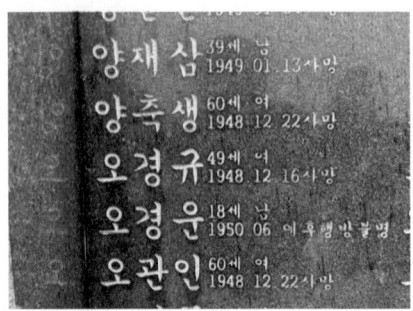

(3) 할머니의 아버지(오서황, 가시리)

1948년 12월 22일에 돌아가셨습니다. 할머니는 제가 27살 이었을 때 돌아가셨는데 할머니의 아버지가 어떻게 돌아가 셨는지 한 번도 말한 적이 없었습니다.

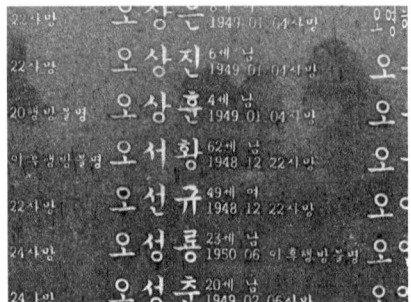

어머니와 나

제주4·3사건 희생자 및 유족 결정 통지서

신 고 인	성 명		현영수		생년월일		
	주 소						
	희생자와의 관계		현흥욱 의 자		전화번호		

희 생 자		성 명 (한자)	현흥욱(玄興旭)	출생년월일	1913-06-22	성 별	남자
	신 고 사 유	■ 사 망 자	1948-12-19				
		□ 행방불명자					
		□ 수 형 인					
		□ 후유장애인					
		□ 유 족					
	당시 등록기준지		제주도 남제주군 남원면 신흥리 997				
	당시 주소		제주도 남제주군 표선면 토산리 2038				

유 족	성 명	생년월일	희생자와의 관계	등록기준지	주 소
	현근택		손		

위와 같이 제주 4·3사건 진상규명 및 희생자 명예회복에 관한 특별법 시행령 제 10조 및 동법 시행조례 제 11조의 규정에 의하여 제주 4·3사건 희생자 및 유족으로 결정되었음을 통지합니다.

희생자 결정일 : 2003/10/15

제주 4·3사건진상규명및희생자명예회복실무위원회위원장

제주4·3사건 희생자 및 유족 결정 통지서

신고인	성 명		정기홍	생년월일			
	주 소						
	희생자와의 관계		오경규 의 자	전화번호			

희생자	성 명(한자)		오경규(吳庚圭)	출생년월일	1900-08-06	성 별	여자
	신고사유	■ 사 망 자	1948-12-16				
		□ 행방불명자					
		□ 수 형 인					
		□ 후유장애인					
		□ 유 족					
	당시 등록기준지		제주도 남제주군 표선면 가시리 3262				
	당시 주소		제주도 남제주군 표선면 가시리 3262				

유족	성 명	생년월일	희생자와의 관계	등록기준지	주 소
	현근택		외손		

위와 같이 제주 4·3사건 진상규명 및 희생자 명예회복에 관한 특별법 시행령 제 10조 및 동법 시행조례 제 11조의 규정에 의하여 제주 4·3사건 희생자 및 유족으로 결정되었음을 통지합니다.

희생자 결정일 :   2003/03/21

제주 4·3사건진상규명및희생자명예회복실무위원회위원장

3부

12년간
용인경전철
주민소송을
진행하여
승리하다

주민소송단을
결성하다

2013년 초, 용인경전철 개통을 앞두고 시민단체를 중심으로 막대한 적자가 예상되기 때문에 개통에 반대한다는 여론이 높았습니다. 용인 지역 시민단체를 중심으로 몇 차례 모임을 열었고, 주민소송단을 결성하게 되었습니다.

1차 모임은 2013년 3월 12일 오후 3시, 수지 느티나무 도서관 카페에서 열렸습니다. 저를 비롯해 안홍택(고기교회 목사), 유진선(용인풀뿌리시민연대 대표), 이정현(용인환경정의 사무국장), 이도건(수지 IL센터 소장), 김정훈(수지시민연대 공동대표), 강성구(용인경전철범시민대책위원장) 등이 참석하였습니다.

1차 모임에서는 모임의 명칭을 '용인경전철 손해배상청구를 위한 주민소송단'(약칭 '용인경전철 주민 소송단')으로 정하였고, 제가 용인경전철 진행 과정 및 문제점, 주민소송 관련 법규에 대한 설명을 하였습니다. 이는 주민감사와 주민소송의 기초가 되었던 것인데, 12년이 지난 지금 봐도 비교적 잘 작성된 것으로 보입니다.

실무 조직으로 소송법률팀, 홍보팀, 주민서명팀, 교육·총무팀을 꾸리기로 하였고, 2차 모임에서 확정하기로 하였습니다. 시민단체 중에서 주민소송 전문가를 초청하여 시민들을 상대로 강좌를 실시하기로 하였습니다. 참여단체를 확대하고 시민들을 상대로 참여를 독려하기 위하여 지역신문에 소송단 모집 광고를 내기로 하였습니다.

2차 모임은 2013년 3월 19일 오후 3시, 동백 아이쿱 매장 2층 강의실에서 열렸습니다. 1차 모임에서 참가했던 단체들 이외에 아이쿱생협, 이우학부모모임 등에서 추가로 참여하였습니다.

2차 모임에서는 소송 법률지원팀은 제가 맡고, 홍보팀은 이도건 소장이 맡기로 했습니다. 주민서명단은 각 시민사회단체의 대표자 및 위임인 15인을 선임하기로 하고 서명은 최소한 200명 이상을 받기로 했고, 교육·총무팀은 유진선 대표가 맡기로 하였습니다.

다음 카페(http://cafe.daum.net/younginpeopleaction)를 만들어

서 정보를 공유하기로 하였습니다. 처음에는 자료를 올리고 정보를 공유하였는데 주민소송이 길어지면서 지금은 어떻게 관리가 되고 있는지 알 수 없습니다. 주민소송이 끝나면 백서를 만들기로 했는데 '카페에 자료 정리를 제대로 해두면 좋았을 것인데...'하는 후회가 있습니다.

3차 모임은 2013년 4월 1일 오후 4시, 수지 느티나무 도서관 카페에서 열렸습니다. 주민소송 전문가로 최인욱 국장(함께하는 시민행동)을 초대하여 '주민소송이란 무엇인가? 경전철과 주민소송'이라는 주제로 강연하였습니다.

강의가 끝난 이후에는 향후 일정을 논의하였습니다. 4월 11일에는 경기도에 주민감사를 신청하면서 경기도의회에서 기자회견을 하고, 4월 15일 오전 10시에 동백 아이쿱생협 매장 2층 강의실에서 두 번째 시민강좌를 실시하기로 했습니다. 또한 위임인 15인을 신청하고 전단지를 제작하여 배포하고, 4월 20일까지 주민감사 청구인 200인 이상 서명을 완료하고, 감사 결과가 나오면 주민소송을 제기하기로 계획하였습니다.

경전철 개통 저지를 목표로 소송 준비

　용인시가 2013년 3월경에 밝히길, 다음 달인 2013년 4월 경에 경전철을 개통하겠다고 알렸기 때문에 그 이전에 주민 감사를 청구하기로 했던 것입니다. 우선적인 목표는 개통 저 지였지만, 개통한다면 관계자들(시장, 공무원, 정책보좌관, 용역기 관과 연구원, 시의원, 사업관계자, 건설회사 등)에게 사업비 전체(1조 32억 원)에 대한 손해배상을 청구하기로 했습니다.

　주민소송단 공동대표는 저와 안홍택(고기교회 목사), 유진선 (풀뿌리시민연대 대표)이 맡기로 하였습니다. 원고는 안홍택, 유 진선, 오이천(미래포럼 위원장), 이도건(수지 IL센터 소장), 김희영 (여성유권자연맹 회장), 박순애(풀뿌리시민연대), 한동건(이우FC학 부모모임), 최연희(아이쿱생협 이사), 김경애(문탁네트워크), 김기 정(사람과 평화), 홍의윤(한의사, 정의당), 조병훈(민주노총 용인지 부) 등 12명이 선정되었습니다.

　소송에서 패소하면 상대방에게 소송비용을 지급해야 했 기 때문에 주민소송단에 참가하는 각 시민단체에서 1명씩 원 고를 선정하기로 하였습니다. 혹시라도 소송비용이 문제가 되면 주민소송단에서 공동으로 비용을 마련해주기로 하였습 니다.

　원고로 참여하지 않는 지원팀에는 박은경(아이쿱생협 이사장), 곽봉재(문탁네크워크 대표), 양해경(사람과 평화 대표), 이필기(정의당 대표), 김영범(민주노총 용인지부), 소치영(내일포럼 실행위원), 김종국(중기청 수출 전문가) 등이 참가하였습니다.

소송대리인은 차성호 변호사, 유형권 변호사, 최재홍 변호사, 한경수 변호사, 임영환 변호사가 참여하였고, 제가 대표를 맡았습니다. 소송대리인에 참여하지 않는 지원팀에는 이기한 교수(단국대 법대), 신명근 변호사, 조수진 변호사, 김명진 변호사가 참여하였습니다.

주민소송을
본격적으로 진행하다

주민소송단은 2013년 3월에 결성되었고, 2013년 10월에 주민소송 소장을 수원지방법원에 제출하였습니다. 대법원에 2번 파기환송이 되면서 6번 판결받았고, 최종 판결은 2025년 12월에 있었습니다. 주민소송단을 결성한 지 12년 9개월, 주민소송을 제기한 지 12년 2개월 만에 최종 판결을 받은 것입니다.

결정적인 분기점은 2020년 7월 대법원이 파기환송을 한 것입니다. 그 이전에는 수원지방법원, 서울고등법원에서 수요예측에 대한 용역 계약은 주민소송의 대상이 아니라고 하였습니다. 하지만 대법원에서 주민소송의 대상이 된다고, 하면서 주민소송의 본래 목적을 달성할 수 있는 계기가 마련된 것입니다.

주민소송 진행 과정

2013.3.19. 용인경전철 주민소송단 결성

2013.4.11. 경기도에 주민감사 청구 및 기자회견

2013.4.19. 기자회견_개통 반대 및 협상 내용 공개 요구(용인시의회)

2013.4.25. 기자회견_철저한 감사 요구(경기도의회)

2013.4.26. 용인경전철 개통

2013.7.25. 경기도 감사 결과 발표

2013.9.5. 용인경전철 시민 대토론회, '위기, 어떻게 돌파할 것인가?'(강
　　　　　남대 교육관)

2013.10.10. 주민소송 제기(수원지방법원)

2017.1.16. 수원지방법원 판결(1심)

- 전 시장(김학규)과 정책보좌관(박순옥)에게 5.5억 배상책임 인정

2017.9.14. 서울고등법원 판결(2심)

- 전 시장(김학규)과 정책보좌관에게 10.25억 배상책임 인정

2020.7.29. 대법원판결(파기환송)* ★

- 전 시장(김학규)과 정책보좌관에게 10.25억 배상책임 확정

- 전 시장(이정문)과 수요예측 기관(한국교통연구원) 상대로 주민 소송할

  수 있다고 판결

2024.2.14. 서울고등법원 판결** ★

- 전 시장(이정문)과 한국교통연구원 소속 연구원(개인) 3명에게 214억,

  한국교통연구원(법인)에게 42억 배상책임 인정

2025.7.16. 대법원 판결(파기환송)*** ★

- 전 시장(이정문)에게 214억, 한국교통연구원에 42억 배상책임 확정

- 한국교통연구원 소속 연구원(개인) 3인은 다시 판단하라고 판결

2025.12.17. 서울고등법원 판결

- 한국교통연구원 소속 연구원(개인) 3인에 대한 청구기각

- 주민소송 종결

*   보도자료 참조
**   보도자료 참조
***   보도자료 참조

주민감사를
청구하다

주민소송단(용인 시민 395명)은 지방자치법 제16조의 규정에 따라 2013년 4월 11일 경기도지사에게 22건에 대한 주민감사를 청구하였습니다. 주민감사에서 청구했던 내용이 주민소송에서도 이어졌습니다. 주민감사 청구 내용을 요약하면 아래와 같습니다.

감사청구 내용(요약)

1. 추진 과정상의 문제점

가. 국가 예산으로 건설할 기회 상실

건설교통부는 1996년 6월 철도청의 '수도권 동남부 내곽 순환선 도농-광주-용인-신갈 간 전철 건설 타당성 조사 용역 최종보고서'를 근거로 1조 2천63억 원을 투자하여 2007년 개통을 목표로 총연장 60km를 건설한다는 수도권 광역 전철망 추진 계획을 발표하였음. 경전철 추진을 위한 관계부처 의견조회 시에도 건설교통부가 1997년 7월 7일 경전철 노선과 수도권 광역철도 계획이 유사한 노선이라고 하였음. 현재의 경전철 대신 국가 예산으로 전철을 건설할 수도 있었음에도 자치단체장의 선심성 행정으로 이러한 기회 일실.

나. 우선협상대상자 1개 업체만 선정

민간투자법 시행령 제13조 제4항에는 '특별한 사유가 없는 한 협상대상자 2인 이상을 그 순위를 정하여 지정하여야 한다'라고 하고 있음에도 용인시에서는 2002년 9월 2일에 봄바디어 컨소시엄 1개 업체만을 우선협상대상자로 선정했음. 협상에서 유리한 위치를 선점하지 못하고 사업자가 제시하는 안에 끌려갈 수밖에 없게 됨.

2. 실시협약의 문제점

가. 잘못된 수요예측에 근거

용인시의 용역을 맡은 한국교통연구원 용역 보고서의 수요예측이 사업자 측보다 더 많으므로(2011년 18만 3천 명 / 17만 1천 명) 수요예측에 문제가 있음을 충분히 알 수 있었음. 그런데 이를 공론화시키지 않고 밀실 협상을 진행하여 사업자 측의 수요예측보다 약간 적은 수치(2011년 16만 1천 명)가 탑승할 것을 전제로 2004년 7월 27일 실시 협약함.

나. 시의회의 동의 절차 무시

구 지방자치법 제39조 제1항 및 지방재정법 제44조 제1항에 따라 법령과 조례에 규정된 것을 제외한 예산 외의 의무 부담, 채무부담의 원인이 될 계약의 체결 기타의 행위를 하고자 할 때는 미리 예산으로 지방의회 의결을 받아야 함. 용인시에서는 실시협약을 체결하면서 의회 결의를 받지 않음.

다. MRG(Minimum Revenue Guarantee, 최소운영수입 보장) 제도(기획재정부 고시의 위법성) 규명

민간투자법 시행령 제37조 제1항에 의하면 '실제 운영 수입이 실시협약에서 정한 추정 운영 수입보다 현저히 미달하여 당해 시설의 운영이 어려우면 예산의 범위 안에서 보조금을 교부할 수 있다'라고 규정되어 있음. 하지만 기획재정부 고시인 민간투자 기본계획에는 아무런 제한 없이 보조금을 지원할 수 있게 되어 있어 위임입법의 한계를 벗어나 위법함.

라. 2003년 민간투자 기본계획 미적용

2004년 7월 27일에 실시협약을 하였으므로 2003년 민간투자 사업 기본계획을 적용하여야 함에도 사업자에게 유리한 2002년 기본계획 적용.

마. 민간투자 심의위 의견 무시, Ramp-up* 협상 미비

용인시 민간투자 사업 심의위에서 분당선 연장 공사 지연에 따른 손실보상 조항에 대한 문제 제기가 있었고, 중앙 민간투자 사업 심의위에서 'MRG 90%, 30년간 보장'을 단계적으로 축소할 필요가 있다는 의견이 제시됨. 하지만 사업자의 요구를 받아들여 철회함으로써 300억 원의 손해가 발생하게 됨.

바. 분당선 연장 지연에 대한 보상 규정

2003년 12월 11일 용인시 민간투자 사업심의회와 2004년 3월 11일 부시장 주재로 열린 대책 회의에서도 예상보다 늦어질 것이라고 하여 분당선 개통 지연은 충분히 알 수 있었음. 그런데도 용인시가 2004년 7월 27일 실시협약에서 분당선 연장 지연에 따른 손실을 전액 보상해 주기로 함. 이는 이중 보상으로 조기 개통(2011년 말)을 위하여 지방채를 발행하여 197억 원 부담.

---

* 　이론 수요와 실제 수요는 차이가 나기 때문에 운영 초기 위험도를 낮추기 위해 이론 수요를 실제 수요에 가깝도록 조정하는 것을 말한다.

사. 민간투자법과 배치된 용인경전철 사업 자료 비공개 관련

민간투자법은 주무관청이 감독과 감독 명령, 동법에 의한 명령이나 처분의 취소, 변경, 원상회복 등의 처분을 할 수 있고(제45조, 제46조), 필요한 보고를 하게 하거나 현장 출입 또는 서류 검사를 할 수 있고(제51조 제1항), 감독 명령을 위반하거나 보고하지 않거나 검사 등을 거부·방해 또는 기피하면 과태료를 물릴 수 있도록 함(제65조 제1항). 그러나 용인시는 실시협약서 미제출 및 실시협약(제99조) '지적재산권 등 영업 비밀에 관련된 사항을 제외' 규정을 이유로 공사비 집행 내역 비공개에 대하여 미조치.

아. 분쟁 해결 방식의 선택권 상실 협약

용인시는 분쟁 발생 시 사업자가 제시하는 대로 무조건 국제중재로 가기로 하였는데(실시협약서 제91조), 그 결과 국제중재로 가서 패소함. 의정부시는 양자 합의 시 국내 중재로, 합의가 안 되면 국내 법원에서 해결하기로 함. 최근 문제점을 알고서 2012년 4월 19일 양해각서 등에서는 국내 법원에서 분쟁을 해결하기로 한 것임.

3. 실시협약 이후의 문제점
가. 지분 축소에 대한 미조치

용인시 민간투자 시설 사업 기본계획 고시에는 '사업시행자가 5인 이상의 출자자로 구성되는 경우 최상위 출자자의 지분율은 25% 이상이어야 한다' 라고 되어 있고, 실시협약서에는 '사업시행자는 발행주식의 5% 이상의 지분율을 가진 출자자 또는 그 출자자의 지분율을 변경하고자 할 경우 주무 관청의 사전 승인을 받아야 한다'라고 되어 있음. 하지만 2004년 8월 12일에 지분 변경(26% → 13.6%)을 하면서 용인시의 승인을 받지 않았음. 시정 명령, 과태료 부과, 계약 해지 등을 할 수 있었지만, 3년이 넘게 지난 2007년 12월 2일에야 협약 위반을 통지.

나. 이정문 전(前) 시장의 뇌물수수

이정문 전 시장은 우주건설산업 주식회사를 운영하는 조○○로부터 미화 1만 달러를 받고 차량기지 공사를 19억 원에 수주하게 함. 시장은 구 민간투자법과 실시협약에 의하여 사업자를 관리·감독해야 할 책임이 있었지만, 오히려 자신의 동생, 측근 등이 하도급받을 수 있게 영향력을 행사함으로써 관리·감독권을 포기한 것임. 그 액수의 다과를 떠나서 사업 전체에 대한 책임을 져야 할 것임.

다. 사업자와 하청업체에 대한 관리 감독 소홀

민간투자법 제45조 및 제46조와 실시협약서에 따르면, 주무관청은 이러한 관리 감독권이 인정되고 있음. 그럼에도 사업자 및 하청 회사 임직원들의 횡령액이 80억 원을 넘고, 온갖 방법으로 공사비를 빼돌렸음. 건설산업기본법 제31조 및 건설산업기본법 시행령 제34조에 따라 하도급 계약 내용의 적정성 등을 심사하게 되어 있음에도 아무런 조치를 취하지 않음.

라. 동백지구 조경공사 수의계약

수의계약을 할 수 있는 경우가 엄격히 제한되어 있음에도, 용인시는 2007년 5월 9일 사업자와 협약을 체결하여 수의계약으로 발주하였고, 하도급과 재하도급 과정에서 50억가량이 사라지는 등 부실 공사가 이루어졌음. 하지만 발주자인 용인시는 제대로 된 관리 감독을 하지 않음.

4. 공사 완료 이후의 문제점
가. 준공 승인을 내주지 않고 법적인 분쟁으로 간 것

사업자가 공사를 완료하고 2010년 7월 5일과 그 전후에 3차례에 걸쳐 준공해 달라고 요청하였지만, 그때마다 용인시(김학규 전 시장)는 준공해주지 않아 사업자가 2010년 12월 17일 가처분 신청을 하여 법적인 분쟁이 시작되었음. 8,500억 이상을 한꺼번에 물어 주고, 공사비와 기회비용, 재가동비 등까지 모두 물어준 상황에서는 사업자가 협상할 아무런 이유가 없게 됨.

나. 계약 해지 시에 시의회의 동의 절차 무시

공사비와 기회비용, 재가동 비용, 변호사비용 등을 지급하게 된 것은 예산 외의 의무 부담을 한 것이므로 계약 해지 시 의회의 동의를 받아야 함. 하지만 2011년 3월 2일 해지 통지를 하면서 의회의 동의를 받지 않았음.

다. 잘못된 채용과 잘못된 판단

지방공무원법 제66조 제1항은 '정년은 다른 법률에 특별한 규정이 있는 경우를 제외하고는 60세로 한다'라고 규정되어 있으나, 용인시는 2010년 11월 2일 1948년생인 박○○을 정책보좌관(지방 계약직 시간제 나급)으로 채용하고, 정책보좌관은 직영할 것을 전제로 정책을 수립함. 지방공기업법상 직영 체계로 가는 것이 불가능하였지만 이에 대한 충분한 검토가 없었음.

라. 로펌 선정 과정

1조 원 규모의 사업과 관련된 국제중재에 대응하기 위한 로펌을 선정하면서 하루 전에 공고를 냈던 것으로 보아 사실상 내정했던 것으로 보임. 3배 이상 높은 금액을 제시한 로펌을 선택한 것도 문제가 있다고 할 것임.

마. 국제중재에 대한 예측 실패

실시협약서에 해지 시 지급금에 대한 명확한 규정이 있고, 하자 등을 이유로 한 감액 청구는 쉽게 인정받을 수 없는 것임에도 법적 분쟁으로 끌고 갔으나, 용인시의 주장이 받아들여지지 않았음. 용인시에 경전철에 대한 자문을 해왔고, 국제중재의 경험도 풍부한 법무법인 태평양이 '승소할 가능성이 없다'라고 하였으면 이를 감안하여 대책을 수립해야 했을 것이지만 그러지 않았음.

바. 재협상 기회의 상실

재협상 과정에서 사업자가 MRG 53%를 제시했으므로 MRG 53%와 저지 규정(50% 미만 시 배제)을 두었다면 초기 수요 확보는 사업자의 책임으로 넘어가고 지금과 같은 재정적 어려움을 겪지 않아도 되었을 것임. 그렇지만 법적 분쟁으로 끌고 가서 재협상의 여지가 완전히 사라지게 된 것임.

사. 에버랜드에 특혜 제공

용인시는 2013년 2월 에버랜드에 전대역과 차량 20대를 3년간 무상으로 사용하고, 구갈역과 동백역에도 광고판을 설치할 수 있게 함. 1조 원 이상들인 공공시설을 민간기업에 무상 제공하는 것은 지나친 특혜임.

아. 중재 결정문의 비공개

2013년 3월 29일 중재 결정문(1, 2차 판정, 소송비용)에 대하여 공공기관의 정보공개에 관한 법률 제9조 제7호를 이유로 비공개 결정했음. 중재에서 패소하여 공사비와 기회비용으로 8천500억 원을 물어주고 상대방의 소송비용도 80억 원을 물어주었음에도 그 근거를 공개하지 않는 것은 알 권리를 침해하고 정보공개법을 위반한 것임.

경기도,
감사 결과를 발표하다

경기도지사는 2013년 6월 5일부터 2013년 7월 22일까지 48일간 용인시에 대한 감사를 시행하였고, 2013년 7월 30일 감사 결과를 발표하였습니다.

감사 결과는 ① 경전철 운영 활성화 프로젝트팀 설치·운영의 부적정, ② 계약직 임용 부적정, ③ 상업광고 협약 체결 당시 경제성 분석 소홀, ④출자자 지분 변경에 관한 업무처리 소홀을 지적하였습니다.

또한 위 지적 사항에 관한 '주의 촉구' 등 4건의 행정조치 및 관련 공무원 9명에 대한 '훈계' 처리를 하였다는 내용의 감사 결과를 공고하였습니다.

위 ①~④ 사항(총 22개 세부사안)에 대한 구체적인 감사 결과는 아래와 같습니다.*

감사 결과(요약)

1. 추진 과정상의 문제점	가. 국가 예산으로 건설할 기회 상실	경전철 건설은 시장·군수에게 위임된 사무로서 용인시장이 정책적으로 판난할 사항임. 다만, 용인시는 이를 민간투자 사업으로 추진하면서 지방의회의 동의를 받아야 하나 동 절차를 거치지 않고 실시 협약한 사실에 대하여 서울고등법원 사건 번호 2013노1107호로 재판 진행 중이므로 감사 대상에서 제외함.
	나. 우선협상대상자 1개 업체만 선정 - 구 민간투자법 시행령 위반	본 사항은 검찰의 공소사실에 포함되어 서울고등법원 사건 번호 2013노1107호로 재판 진행 중이므로 감사 대상에서 제외함.
2. 실시협약의 문제점 -이정문 전 시장	가. 잘못된 수요 예측에 근거	본 사항은 검찰의 공소사실에 포함되어 서울고등법원 사건 번호 2013노1107호로 재판 진행 중이므로 감사 대상에서 제외함.
	나. 시의회의 동의 절차 무시 - 지방자치법, 지방재정법 위반	본 사항은 검찰의 공소사실에 포함되어 서울고등법원 사건 번호 2013노1107호로 재판 진행 중이므로 감사 대상에서 제외함.

*   경기도가 발표한 감사 결과와 주민소송 판결문을 참고하였습니다.

2. 실시협약의 문제점 -이정문 전 시장	다. 최소운영수입 보장(MRG) 제도 - 위임입법의 한계를 벗어나서 위법함	본 사항은 용인시 권한에 속하는 사무가 아니므로 지방자치법 제16조 제1항에 따라 감사 대상에서 제외함.
	라. 2003년 민간투자 기본계획 미적용	본 사항은 2005년 감사원에서 감사를 시행하였으므로 이번 감사 대상에서 제외함.
	마. 민간투자 심의위 의견 무시, Ramp-up 협상 미비	검찰의 공소 내용(부정 처사 후 수뢰 등) 및 현재 2심 진행 중으로 재판에 관여하게 되므로 감사 대상에서 제외함.
	바. 분당선 연장 지연에 대한 보상 규정 - 197억 원 추가 부담	검찰의 공소 내용(부정 처사 후 수뢰 등) 및 현재 2심 진행 중으로 재판에 관여하게 되므로 감사 대상에서 제외함.
	사. 민간투자법과 배치된 용인 경전철 사업 자료 비공개 관련	구 민간투자법 제45조 및 제51조는 주무관청이 민간투자 사업에 관련된 업무를 감독하기 위하여 같은 법에 따라 지정한 사업시행자에 대하여 가지는 감독권과 명령권, 보고·검사 권한을 갖고 있으나, 2011년 1월 11일과 2011년 3월 2일 용인시와 ○○○ ○○(○)간의 용인경전철 사업 관련하여 사업시행자의 지정을 취소 또는 해지하였기 때문에 용인시의회의 자료 요구 시점에는 이미 사업시행자가 아니므로 구 민간투자법 제45조 및 제51조 등을 적용하기 어려움.
	아. 분쟁 해결 방식의 선택권 상실 협약 - 국제중재조항	중재법 제3조 제2호에 의하여 용인경전철 민간투자 사업은 용인시와 ○○○○○(○)의 합의에 따라 분쟁을 중재로 해결하고 중재 기관의 선정도 당사자의 합의로 정할 수 있는 사항으로 규정 위반으로 판단하기 어려움.

3. 실시협약 이후의 문제점	가. 지분 축소에 대한 미조치	용인경량전철 건설 민간투자 시설 사업 기본계획 고시 및 용인경량전철 민간투자 시설 사업 실시협약서에 사업시행자 중 최상위 출자자의 지분율은 25% 이상이어야 하고, 5% 이상의 지분율을 가진 출자자 또는 그 출자자의 지분율을 변경하고자 하거나, 시공자를 변경하고자 할 경우에는 용인시장의 사전 승인을 받아야 하나, 출자자 외 주주 변경 시 주무관청의 사전 승인을 받도록 규정하고 있지 않아 ○○○○(○) 주주 변경과 관련하여 용인경량전철 건설 민간투자 시설 사업 실시협약서 및 기본계획 고시 규정을 위반했다고 판단하기 어려움. 그러나 2004. 7. 30. ○○○○○(○) 대표 출자자 □□□(□)의 지분(60%) 전부를 ○○○○(○)에 양도하여 출자자가 변경된 사실에 대하여 2007. 12. 6. 실시협약 위반으로 통지하고도 적극적인 대처 없이 업무처리를 소홀히 한 사실이 있음.
	나. 이정문 전 시장의 뇌물수수	검찰의 공소 내용(부정 처사 후 수뢰 등) 및 현재 2심 진행 중으로 재판에 관여하게 되므로 감사 대상에서 제외함.
	다. 사업자와 하청업체에 대한 관리감독 소홀	본 사항은 검찰의 공소사실에 포함되어 서울고등법원 사건 번호 2013노1107호로 재판 진행 중이므로 감사 대상에서 제외함.
	라. 동백지구 조경공사 수의계약	본 사항은 검찰의 공소사실에 포함되어 서울고등법원 사건 번호 2013노1107호로 재판 진행 중이므로 감사 대상에서 제외함.

4. 공사 완료 이후의 문제점 - 김학규 전 시장	가. 준공 승인을 내주지 않고 법 적인 분쟁으로 간 것	본 사항은 감사원에서 이미 감사를 시행한 사항 으로 지방자치법 제16조 및 경기도 주민 감사청 구 심의회 의결에 따라 2013. 4. 30. 공개된 감사 원 감사 결과를 통보하였음.
	나. 계약 해지 시 에 시의회의 동 의 절차 무시 - 지방자치법, 지 방재정법 위반	중앙부처 질의 회신 결과와 법률 검토 결과 해 지 시 지방의회의 미동의 사항을 위법하다고 볼 수 없다고 판단됨. 다만 2004년 협약 체결 시 의회 동의를 받지 않은 사항에 대해서는 현재 재판에 계류 중임.
	다. 잘못된 채용 과 잘못된 판단	지방 계약직 공무원 채용 시 지방 계약직 공무 원 규정 제3조 제1항 [별표1] 및 용인시 인사위 원회 의결 사항대로 채용직위에 필요한 학력, 경력, 자격증 등 구체적 직무수행 요건을 정하 여 공고하고, 공고대로 선발하여야 함. 그런데 도, 채용 공고 시 인사위원회 의결에 따라 정년 을 규정하여 만 60세 이상자를 선발할 수 없음 에도 만 62세인 사람을 부적정하게 최종 합격 자로 결정하였으며, 최종 합격자는 지방 계약직 공무원 규정에 의하여 6급 공무원으로 2년의 자격을 갖추어야 하나 시의원 경력은 상시 근무 로 볼 수 없음에도 경력심의회 심의 없이 그대 로 인정하여 부적격자를 임용한 사실이 있음.
	라. 로펌 선정 과정	본 사항은 감사원에서 이미 감사를 시행한 사항 으로 지방자치법 제16조 및 경기도 주민 감사청 구 심의회 의결에 따라 2013년 5월 1일 공개된 감사원 감사 결과를 통보하였음.

4. 공사 완료 이후의 문제점 - 김학규 전 시장	마. 국제중재에 대한 예측 실패	2010년 8월 2일부터 2010년 1월 31일까지 법무법인 ○○○이 법률 자문한 공식적 서류에서 승소할 가능성이 없다고 한 사례는 확인되지 않았으며, 다만 2010년 12월 17일 사업시행자 완공 예정일 준수 의무 불이행 관련 질의에서 신중히 고려해 판단할 것을 자문받은 바 있으므로 이 사실로 위법·부당 사항임을 지적하기 어려움.
	바. 재협상 기회의 상실 - 최소 운영수입 보장 53% 제안	○○○○○ 문서 대장을 확인한 결과 재협상 과정에서 사업자가 MRG 53%를 제시했는지에 대하여 찾을 수 없었으며, 또한 경량전철 운영 활성화 프로젝트팀은 사무관리 규정을 위배하여 문서 등록 및 접수를 하지 않아 이를 확인할 수 없었음. 경량전철 운영 활성화 프로젝트팀의 사무관리규정 위반 사항은 경량전철 운영 활성화 프로젝트팀 설치·운영 부적정 건으로 별도 처분 요구.
	사. 에버랜드에 특혜 제공	용인시 의회의 의결을 받아 처리한 사항으로 위법하다고 할 수 없으나, 협약 체결 시 경제성을 분석하면서, 상업광고 불가에 따른 손실액으로 2억 8천만 원을 예상하면서, ○○○○ 관광객 660만 명의 35%인 단체관광객 227만 명의 이용수요 증대가 예상된다고 단순 추정하는 등 제휴와 관련한 충분한 경제성 검토 없이 협약을 체결한 것에 대하여 주의 요구 및 관련자 훈계 처분 요구.
	아. 중재 결정문의 비공개 - 알 권리 침해, 정보공개법 위반	법령 절차에 따른 정보공개 심의회의 심의를 거쳐 비공개 대상 정보로 결정된 사항이므로 불복할 경우 행정심판 또는 행정소송을 청구하여야 함.

경기도가
대한민국의 미래**를 엽니다

용인경전철 주민감사청구에 따른 감사결과

경기도가
대한민국의 미래를 엽니다

경 기 도

개통 반대 기자회견

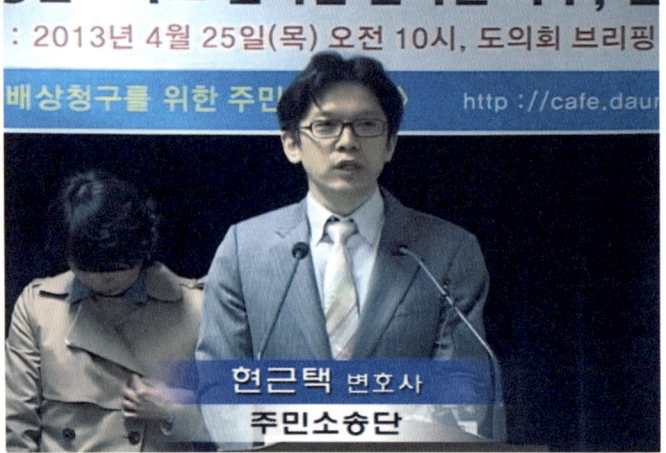

철저한 감사 촉구 기자회견

MBC 라디오와
인터뷰하다 1

2013년 3월 26일, MBC 라디오(FM 95.9 MHz) 『왕상한의 세계는 우리는』과 인터뷰를 하였습니다. 용인경전철 사업에 대하여 1조 원 대 주민소송을 제기한다는 것이 알려지자, 방송사에서 관심을 두기 시작하였습니다. 지역에서 시민단체 활동을 하면서 지역 언론과 인터뷰를 한 적은 있었지만, 방송사와 인터뷰를 한 것은 처음이었습니다.

제목은 '용인경전철, 주민소송으로 가나'였는데, 주민소송을 준비할 당시의 문제의식을 정확하게 알 수 있을 것으로 보여 인터뷰 내용을 그대로 소개하겠습니다.

'용인경전철, 주민소송으로 가나' 인터뷰

왕상한 애물단지, 계륵, 지금 경전철 사업을 두고 나오는 표현들입니다. 교통의 해소를 기대했습니다만 대부분 적자가 예상되면서 이미 지어놓은 또는 지금 짓고 있는 경전철을 어떻게 해야 할지 참 골치가 아픈 상황인데요. 이 중 용인경전철의 경우에는 다음 달 개통을 앞두고 있습니다만 시작도 하기 전에 수민들이 엄청난 예산 낭비에 대한 책임을 묻겠다면서 주민소송을 추진하고 있다고 합니다. 다른 지자체에도 파장이 예상되고 있는데요 경전철 손해배상 청구를 위한 주민소송단의 현근택 변호사 연결해 보겠습니다. 변호사님 안녕하세요.

현근택 네, 안녕하세요.

왕상한 용인경전철, 저희가 그 용인시에 확인을 해보니까요. 개통 예정일이 다음 달 26일, 기본요금은 1,300원, 이렇게 답을 하던데 어떻습니까? 개통 준비가 거의 다 된 것 같죠?

현근택 개통 준비는 시운전하고 있고 개통 준비는 하고 있는데요. 안전 문제라든지 소음 문제들은 여전히 해결되지 않은 상태인 것 같고요. 아직 시민들도 사실은 이것에 크게 기대를 하고 있지 않고 있어서 용인 지역에서 사시는 많은 사람이 개통에 대한 기대감이라든지 이런 건 별로 없는 것 같습니다.

왕상한 소음은 그렇다고 치고, 안전 문제까지 해결이 안 됐다고요? 무슨 말씀이시죠?

현근택 만약에 지금 의정부 같은 데는 사고가 발생하지 않습니까? 멈추기도 하고 이러고 있는데 사고가 발생했을 때 책임소재 같은 게 현재 물론 이제 실제 운전은 안 하고 있지만 불분명하고 이런 문제들도 있습니다. 그리고 소음 문제라든지 그동안 많이 제기됐던 문제들이 여전히 해결되지 않은 상태로 있습니다.

왕상한 그렇군요. 그런데 용인경전철이 지나가는 구간에 교통량은 어떻습니까? 다른 교통수단에 비해 볼 때 교통량이 많습니까? 어떻습니까?

현근택 용인경전철이 지나가는 구간은 기흥역에서 동백과 용인시청을 지나서 에버랜드까지 가는 구간입니다. 그래서 서울에서 기흥이나 동백, 구도심, 용인 구도심이나 아니면 강남에서 에버랜드 가는 사람들을 염두에 둔 것인데 사실은 뭐 예전에 추진할 때는 어땠는지 모르겠지만 요즘에는 광역 버스노선이 잘 돼 있어서 강남에서 사실은 기흥, 동백 같은 데 가는 데 1시간밖에 안 걸리거든요. 그리고 에버랜드 오가는 사람들도 주로 젊은 사람들은 버스로 가고 그다음에 가족 단위는 자가용을 이용하는데 강남에서는 버스로 에버랜드까지 1시간 정도면 가는데 지하철을 타게 되면 한 2시간 걸리거든요. 과연 누가 탈지 의문입니다. 그래서 별로 사실은 지금 현재로 본다면 별로 필요 없는 구간이라고 볼 수 있습니다.

왕상한 그렇군요. 뭐, 그래서 지금 일부 주민들과 시민단체들은 경전철이 개통도 되기 전에 주민감사와 소송을 벌인다는 것 아니겠습니까?

현근택 예.

왕상한 그렇다면 정확히 누구를 상대로 어떤 소송을 하시겠다는 건가요?

현근택 일단 경전철의 가장 큰 문제가 이게 경쟁 구도가 아니었고요. 한 개 업체만 선정했고요. 그다음에 잘못된 수요예측, 30년간 90%의 수입 보장을 해준 문제에 있기 때문에 거기에 해당되는 사람들이 1번은 일단 먼저 전임 시장 세 분이 되실 것 같고요. 예강환, 이정문, 서석석 시장님인데 그다음에 현 시장이나 담당 공무원도 대상이 되고요. 그다음에 잘못된 수요 예측을 한 용역업체, 한국 교통개발연구원과 미래교통 주식회사 및 그 연구원들, 그리고 그 사업자나 관련 회사들이 대상이 되겠습니다. 그리고 어쨌든 전 시장이 구속되긴 했습니다만 추징금이 겨우 1만 달러, 한화로 1천 200만 원 정도밖에 안 되고요. 이게 1조나 되는 사업인데 결국은 지자체장들이 뭐 생색은 내고 그 책임은 주민들의 세금에서 나가게 되기 때문에 아무도 책임을 안 지는 상황이거든요. 그에 대해서 누군가는 책임을 져야 되지 않느냐, 그것이 저희들이 주민소송을 추진하게 된 경위입니다.

왕상한 그런데 이 주민소송제가 그 요건도 그렇고 절차가 워낙 까다롭지 않습니까?

현근택 예.

왕상한 물론 훌륭한 변호사가 참여하면 달라질 수도 있겠습니다만 그렇기 때문에 실효성이 낮은 것 아니냐, 이런 지적도 있는 것 같아요.

현근택 예, 그런 지적이 있는 것 알고 있습니다. 주민소송이 사실은 요건이 굉장히 까다롭게 돼 있습니다. 주민감사를 먼저 거쳐야 되고 서명도 받아야 되고 기간 제한도 있고 이런데요. 그래도 어쨌든 현재 아무도 책임지지 않는 상황에 대한 개선은 필요한 것 같고요. 저희들이 1조 사업을 전액 보상 못 받는다 하더라도 단돈 100만 원이라도 누군가는 책임을 지는 선례를 남기고 싶은 생각을 갖고 있습니다. 그리고 실제로 이 법을 위반한 게 몇 가지 있기 때문에 손해배상이 가능할 걸로 보고 있습니다. 그리고 주민소송 요건이 까다롭기 때문에 그전부터 납세자 소송이라든지 국민 소송법 도입하자는 얘기가 있는데 저희들도 법 개정 작업까지 향후에 계획하고 있습니다.

왕상한 경전철이 무리한 사업 추진으로 그 적자가 예상된다는 것은 이미 다른 경우를 보더라도 충분히 알 수 있을 것 같은데요. 관련해서 혹시 용인시가 세우고 있는 대책을 들으신 바가 있으신지요?

현근택 네, 네. 용인시도 저희도 뉴스를 통해서 듣고 있는데요. 어쨌든 투자사, 칸서스자산운용을 투자사로 끌어들였고요. 그다음에 수도권 통합 할인제를 뭐 다른 지자체들과 같이 도입하기 위해서 노력하고 있고요. 에버랜드와 어떤 협력을 맺어가지고 활성화시키기 위해서 그런 것들은 추진하는 걸로 알고 있습니다.

왕상한 일단 지금 말씀하신 통합 할인 제도라고 하는 것이 정확하게는 통합 환승할인 제도를 말씀하시는 거겠죠?

현근택 예, 맞습니다. 수도권 통합 환승 할인제, 맞습니다.

왕상한 그런데 그 제도에 대한 평가를 보면요. 그 경기도는 서민들의 복지 차원이라든가 경전철의 정상화를 위해서 필요하다, 이런 입장인 것 같은데 또 도의회의 그 평가를 보면요. 그건 경전철 사업자들의 배만 불려주는 것이다, 뭐 이런 입장 아닙니까?

현근택 예.

왕상한 시민들은 어떤 의견입니까?

현근택 그래도 시민들은 아마 이 환승 할인제가 도입돼야 된다고 생각하고 있는 것 같습니다. 저도 마찬가지고요. 왜냐하면 이게 대부분 수도권 같은 경우 버스라든지 아니면 지하철, 마을버스, 다 환승할인 되지 않습니까? 그런데 만약에 경전철만 환승할인이 안 되면 인구, 탑승객도 줄어들 뿐만 아니라 오히려 다른 교통수단과의 역차별을 당하는 꼴이 될 수 있기 때문에 환승 할인제는 필요하다고 생각합니다.

왕상한 그러면 이 환승 할인제가 적용되면요. 그 경전철 이용 승객이 기대하는 것처럼 좀 늘어나긴 늘어나겠습니까?

현근택 약간 늘어날 걸로 생각은 하는데요. 지금 현재 개통을 먼저 한 데 있지 않습니까? 김해가 했는데 김해도 사실은 17% 정도밖에 탑승을 안 하고 있고요. 의정부도 15% 정도밖에 탑승을 안 하고 있어서 의정부도 사실은 50%까지 할인해서 탑승했는데도 탑승객이 별로 늘지 않았거든요. 그러니까 크게 늘진 않을 걸로 보고 있습니다.

왕상한 그렇군요. 또 하나의 쟁점이라고 할까요. 용인시가 민간사업자의 손실을 보전해 주는 최소 운임 수입 보장 비율을 갖고 있지 않습니까? 그런데 이 문제를 놓고 시와 그 사업자 간에 갈등이 있었던 것으로 알고 있는데 어떻게 이 문제가 좀 정리가 됐는지요?

현근택 네. 이 문제는 어쨌든 계약 해지와 국제중재로 가서 용인시가 해지

시 환급금이나 손해배상으로 7천700억 정도 물어주고 그다음에, 거기에 대한 이자를 물어주는 식으로 해결됐고요. 용인시가 주장했던 하자라든지 아니면 이런 것들은 거의 받아들이지 않았고요. 하나도 받아들이지 않았습니다. 계약을 해지하고 국제중재로 갔다가 다시 용인시가 계약 해지를 철회하고 3년간 사업자에게 위탁운영을 맡기고 그 운행했을 때 적자가 나면 적자를 보전해 주는 식으로 그렇게 정리가 됐고요. 그다음에 그동안 멈춰 있었기 때문에 요즘 시운전하고 있지 않습니까? 시운전하는 재가동 비용 350억 정도를 용인시가 전액 물어주기로 했고요. 그다음에 재판에 졌기 때문에 상대방 변호사 비용, 소송비용도 한 80억 정도 용인시가 물어줬습니다.

왕상한 용인시, 지금 남은 게 없겠습니다.

현근택 네, 네.

왕상한 경전철 운영의 성패는요. 많은 분이 지금 초기 수요 확보에 달려 있다고 하지 않습니까? 끝으로 드리고 싶은 질문인데 이 경전철이 운행도 하기 전에 적자가 예상되는 가장 큰 문제는 뭐라고 보시고요. 또 이미 지어진 것을 어떤 형태로든 활용하긴 해야 되지 않겠습니까? 앞으로 이 문제는 어떻게 풀어가야 한다고 보십니까?

현근택 적자가 가장 예상되는 가장 큰 원인은 아무래도 잘못된 수요예측과 그에 근거해서 사업을 추진하는 지자체장의 어떤 선심성 행정, 그리고 그에 편승해서 어떤 좀 돈을 벌어보자 하는, 우리 경전철 같은 경우는 외국자본이 들어와 있지 않습니까? 봄바디어사가 **들**어와 있는데 봄바디어 외국

자본과 국내 어떤 투자자들이 어떤 돈을 벌고자 하는 그런 것으로 인해서 벌어진 사업인데 이게 사실은 만들어지긴 했습니다만 일본의 경우에도 고마키시라는 데서 91년에 개통을 했지만 2006년에 운행 중지돼서 그 후로 운행이 안 되고 있습니다. 용인시도 제가 보기엔 한 향후 10년 이내에 운행하면 현재 상태대로 운행하면 300억 이상 적자가 예상되기 때문에 결국은 이 사업을 뭐 계속하기보다는 운행을 중단하고 이 상태로, 현재 상태에서 오히려 멈추는 것이 그나마 손해를 최소화하는 방법이 아닌가 생각하고 있습니다.

왕상한 말씀 고맙습니다. 여기까지 듣겠습니다.

현근택 예.

왕상한 지금까지 경전철 손해배상청구를 위한 주민소송단 현근택 변호사였습니다.

MBC 라디오와
인터뷰하다 2

2013년 9월 25일, MBC 라디오(FM 95.9 MHz)와 인터뷰를 하
였습니다. 주민감사 결과가 발표되었고 1조 원대 주민소송을
제기할 예정이라 방송사에서 관심을 가졌던 것으로 보입니다.

제목은 '지자체 혈세 낭비 민자사업 용인경전철 주민소송'
이었고, 제가 주민소송단 대표로 인터뷰에 응하였습니다. 당
시 주요한 관심사가 무엇인지 알 수 있어서 인터뷰 내용을 그
대로 소개합니다.

'지자체 혈세 낭비 민자사업 용인경전철 주민소송' 인터뷰

신동호 풀뿌리 민주주의라고 할 수 있는 지자체 운영이 활성화되면서 지역 경제를 살렸다라는 긍정적인 평가도 있습니다만 근래에 들어선 뭔가 엉터리 수요예측으로 해서 수백억이나 수천억이 드는 엄청난 사업을 멋대로 벌였다가 큰 피해를 양산했다, 막대한 손실을 불러온 사례도 많다라는 비판이 있습니다. 그야말로 혈세를 낭비해서 지방재정이 아주 파탄 나는 경우까지 있었는데 관련해서는 책임지는 지자체장은 별로 들어보질 못했던 것 같습니다. 이번에 지방의 대규모 부실 사업을 대상으로 해서 주민소송이 제기될 예정입니다. 이게 처음 있는 일인데 과연 이런 소송 움직임이 향후에 지자체의 혈세 낭비, 이런 민자사업에 제동을 걸 수 있을는지 관심이 모아지고 있는 상황입니다. 용인경전철 손해배상청구를 위한 주민소송단 대표 현근택 변호사 연결해서 말씀 나눕니다. 현 변호사님 나와 계십니까?

현근택 예, 안녕하세요.

신동호 고맙습니다. 이번에 그 대규모 민자사업에 대한 주민소송이 처음 있는 일이죠?

현근택 예.

신동호 소송 제기 이유부터 좀 들어볼까요?

현근택 예, 주민소송제가 2006년에 도입됐습니다. 그래서 이제 2010년까지 한 26건 정도가 제기됐는데요. 그동안은 대부분 시의원의 외유성 여행

경비같이 아주 작은 규모였습니다. 그런데 이번에 경전철과 같이 1조 이상 되는 사업이거든요. 이런 큰 사업을 대상으로 한 건 처음이고요. 저희들이 소송을 제기하는 그 이유는 다들 아시겠지만, 용인경전철이 어떤 지자체의 대표적인 세금 낭비로 지적되고 있지 않습니까? 세금 먹는 하마라는 오명까지 얻게 됐는데 그동안 검찰수사나 감사원 감사 등이 있었지만 실제로 이에 대해서 책임을 지는 사람은 없는 것 같습니다. 그래서 주민들이 마지막 수단으로 그런 책임 추궁하기 위해서 소송을 제기하는 것입니다.

신동호 소송 대상은 그러면 자치단체장이 되겠군요. 용인시장이 되겠군요?

현근택 맞습니다.

신동호 그럼 현 시장만입니까? 아니면 전·현직 시장 모두입니까?

현근택 일단 저희들이 좀 오해의 소지가 있는 게요. 저희들이 민사소송을 제기하는 게 아니라 지방자치법상에 주민소송입니다. 행정소송이고요. 일단 소송의 상대방 피고는 용인시장 하나만 됩니다. 현직 시장 하나가 되고요. 그다음에 저희들이 소송하는 목적 청구취지라고 그러는데 그것은 용인시장이 경전철에 책임 있는 전직 시장이나 아니면 공무원이나 연구원들한테 손해배상청구를 하라, 이런 형태가 되는 것입니다. 그래서 현행법상으로는 주민들이 직접 손해배상을 청구할 수 없기 때문에 용인시장한테 그런 사람들한테 배상 청구를 하라, 이런 간접적인 형태를 취하는 겁니다.

신동호 배상 금액은 어떻게 됩니까?

현근택 일단 저희들은 사업비 전체 1조 127억인데요. 그걸 일단 청구할 예정인데 물론 구제석으로 각 시장마다 아니면 공무원마다 여구원마다 손해배상액을 나중에 특정하는 문제는 소송이 진행된 이후에 저희들이 구분할 예정입니다.

신동호 구체적으로 문제점을 짚어보려고 하는데요. 기흥에서 출발해서 에버랜드까지 가는 경전철은 4월에 개통이 됐죠?

현근택 네.

신동호 당초 예상치하고 현재 운행 상황이 얼마나 차이가 납니까?

현근택 당초에는 올해 2013년에 하루 평균 17만 명 정도가 탑승할 걸로 예상했습니다. 그래서 운영 수입도 1천200억 정도 될 걸로 예상했는데 올해 4월에 개통하고 나서 100일간 정도 운영해 보니까 실제 탑승 인원은 하루 9천 명 정도로 당초 예상치의 5%, 1/20에 불과합니다. 운행 수입도 그 정도밖에 되지 않는데 이 예측이라는 게 물론 벗어날 순 있습니다만 하루에 300회씩 운행하는 데 17만 명이 타려면 중간에 내리고 타는 사람이 있더라도 한 번 운행할 때 560명이 타야 됩니다. 경전철 보시면 아시겠지만, 버스보다 조금 큰 크기거든요. 사실 물리적으로도 거의 불가능한 수치라고 볼 수 있습니다.

신동호 당초 1천200억 원 정도의 예상 수익이라는 건 연수익을 말씀하시는 거죠?

현근택 네. 연수익입니다.

신동호 연수익, 지금 현재로 봤을 때 그러면 적자 상태인가요?

현근택 네. 그렇습니다. 지금은 만약에 하루 한 9천 명 정도 타고 있기 때문에 연 수입으로 따지면 한 40억 정도 됩니다. 그러니까 뭐 운행 수입 자체도 지금 한 1년이 900억 이상 적자로 예상되고 있습니다.

신동호 1년에 900억 이상 적자.

현근택 예.

신동호 그런데 이것이 개통 이후에 시행사에게는 계속 돈을 줘야 되는 상황인데 이게 만약에 실제 운영비가 부족해서 부족분이 나오게 된다면 이 시행사에게 보조를 해줘야 되는 것 아닌가요? 그 금액이 현재 그렇게 돼 있지 않나요?

현근택 네. 맞습니다. 운영비만 말씀드리면 다른 건 빼고. 운영비는 어쨌든 30년간 1조 5천억 정도로 해서 매년 한 500억 정도 평균 지원해 주게 돼 있습니다. 그건 일단 무조건 지원해 주고 운영해서 수입이 나는 건 용인시가 갖는 형태로 돼 있습니다. 운영 수입 측면에서만 보면 500억 정도 지원해 주고 지금처럼 40억 정도 수입이 나면 한 450억, 460억 정도 적자가 나는 형태입니다.

신동호 이렇게 되면 일반 주민들이 갖게 되는 세금 부담률은 얼마나 됩니까?

현근택 전체 뭐 세금 부담으로 본다면 어느 정도 규모로 정확히 말씀드릴 순 없지만 어쨌든 경전철로 들어가는 돈이 지방채도 발행돼 있고 신규사업자 물어주는 돈도 있고 운영비도 있지 않습니까? 그걸 다 지금까지 들어간 돈 다 합치면 30년간 하면 3조 1천억 정도 되는데요. 그걸 연평균 따지면 1천억 정도가 됩니다. 그래서 아까 제가 말씀드렸듯이 운행 수입은 1년이 40억 정도가 안되기 때문에 결국은 주민들한데는 950억 정도의 매년 적자가 30년간 발생하는 게 되겠죠.

신동호 이렇게 용인경전철 때문에 큰 어떤 금액 부담을 안게 된다면 용인에서 추진하고 있는 다른 시민 복지사업에도 영향을 주겠죠?

현근택 네, 네.

신동호 지금 현재 혹시 이것 때문에 영향을 받은 예를 들어서 복지사업이 중단됐다거나 축소된 사례가 있습니까?

현근택 예. 용인시 사실은 아시다시피 재정 상태가 괜찮은 편이었습니다. 그런데 이 경전철로 인해서 굉장히 어려움을 겪고 있는데요. 지방채 상환액이 올해 1천700억 정도 되고 내년에 1천300억 정도 돼서 이것 때문에 사실은 예산편성에 상당한 어려움을 겪고 있습니다. 일례로 들어보면 이제 매년 한 100억 정도 교육 지원 예산 사업으로 지원했는데 내년에는 이것이 한 푼도 없습니다. 어떤 내용이냐 하면 교육 환경개선 사업이라든지 엄마 품 온종일 돌봄 교실 지원, 이런 게 있거든요. 그다음에 병설 유치원 종일반 지원한다든지 장애 학생 특수교원 보조 지원금이라든지 이런 것이 절반으로 줄어들게 돼 있고요. 결국 이런 것들은 어른들의 잘못된 정책으로 미래에 커나갈 어린아이들의 교육비가 줄어드는 이런 피해를 당하는 현상이 벌어지고 있는 것입니다.

신동호 용인시에서는 관련해서 엄청난 재정난이 발생했기 때문에 이걸 해소하기 위해서 국유지라든가 공유지를 매각하겠다, 그렇게 해서 자구를 해보겠다고 하는데 이것의 실효성은 어떻게 보십니까?

현근택 일단 공유지를 많이 내놓은 걸로 알고 있는데요. 뭐 공유지들이 얼마나 팔릴지 얼마나 살지는 모르겠지만 사실 공유지라는 게 한 개인의 재산이 아니라 시의 공동재산이지 않습니까? 이건 나중에 어떤 복지 예산으로 쓰일 수 있는 거고 다른 용도로 충분히 쓰일 수 있는 건데 기존에 벌어진 잘못들을 메우기 위해서 재산을 판다는 건 사실은 시민들의 동의 과정이 반드시 필요하다고 보고요. 크게 사실은 실효성은 없을 것으로 보고 있습니다.

신동호 주민 동의를 얻는 과정이, 과거에 그런 사례가 있었습니까? 예를 들어서 꼭 재정난 때문이 아니라도 국유지라든가 공유지를 매각하면서 이런 합의 절차를 거쳤던 사례가 있던가요?

현근택 국공립 매입 같은 경우나 매각 같은 경우에는 시의 동의라든지 이런 걸 거치면 하게 돼 있습니다. 하지만 이게 그런 경우에는 어떤 공공 목적으로 인해서 뭘 새로 짓는다든지 아니면 다른 데 개발한다든지 이런 경우면 모르겠지만 이건 기존에 잘못된 정책을 어쨌든 쉽게 얘기하면 빚을 갚기 위해서 파는 것이지 않겠습니까? 그렇기 때문에 사실은 팔아서 빚을 메운다고 해서 단순히 문제가 해결될 건 아니라고 보고 있습니다.

신동호 이렇게 지자체 사업들이 무리하게 진행되는 원인이 어디에 있다고 보시는지요?

현근택 일단은 지자체 선거, 저희들이 한 5기 정도가 됐는데 각종 개발사업을 공약으로 내세우고 그다음에 공약 사업으로 밀어붙여서 나중에 재선을 염두에 두기 때문으로 보이는데 이런 사례들은 용인뿐만 아니라 의정부나 김해도 경진철이 있지 않습니까? 서울시 세빛둥둥섬이라든지 아라뱃길이라든지 강원도 알펜시아 등 여러 가지 있는데 이런 4대강같이 국가적인 차원에서 발생은 했지만, 국가적인 차원의 사업은 국회라든지 언론이라든지 시민단체들의 견제를 받지만, 지방 권력 같은 경우에는 견제 장치가 거의 없습니다. 사실 시의회도 별로 그런 역할을 못 하고요.

신동호 시의회가 지금 현재로선 이런 지자체 사업에 대해서 견제 역할을 전혀 못 하고 있다, 이렇게 보시는 군요.

현근택 네. 맞습니다. 그렇기 때문에 이런 일들이 더 많이 벌어지고 있는 것 같습니다.

신동호 앞으로 소송이 계속 진행이 될 텐데 만약에 소송에 이기게 되면 어떤 결과까지 얻어낼 수 있을까요?

현근택 저희들은 어쨌든 감사청구인들 중에서 10명 내외로 선정해서 원고를 꾸릴 거고요. 변호인단도 수원변협이라든지 민변 같은 데 도움을 얻어서 변호사 10명 정도로 꾸려서 내달 10일쯤에 수원지방법원에 소장을 접수할 예정입니다. 소송에서 이기게 되면 용인시장이 책임 있는 사람들한테 손해배상청구를 해야 될 것입니다. 저희들이 바라는 건 새롭게 만약에 내년에 시장에 당선되는 분이 나와서 자기가 직접 청구하겠다, 이렇게 나와주면, 저희들의 목적이 달성되는 것이고요. 그리고 이 소송의 승패를 떠나서 지자체 세금 낭비에 대해서 주민들이 직접 문제제기를 한다는 데 큰 의미가 있고요. 그리고 앞으로 이런 사업을 할 때는 용역회사라든지 지자체장들이 더욱더 신중하게 해야 된다, 이런 교훈을 줄 것으로 기대하고 있습니다.

신동호 지금 개통 후 30년 실제 운영 수입 같은 것을 계산한다고 봤을 때 향후에 이걸 다시 말해서 뭔가 운영을 활성화시켜서 그래도 좀 적자 폭을 줄이고 개선할 수 있는 여지는 전혀 없는 상황인가요?

현근택 지금 용인시 같은 경우는 환승할인이라든지 아니면 환승역이라든지 이런 것들을 많이 고려하고 있고 에버랜드와의 협약 사업을 많이 하고 있지만 이게 기본적으로 노선 자체가 대중교통의 역할을 하기가 굉장히 어려운 노선입니다. 기존에 버스노선도 있고 에버랜드를 주로 염두에 두고 있지만 에버랜드 가는 사람들이 요즘은 길이 좋아졌기 때문에 서울에서 승용차라든지 버스를 이용하면 1시간 이내에 갈 수 있는데 경전철을 이용하면 거의 2시간 가까이 걸리게 됩니다. 그래서 이걸 아무리 활성화하더라도 대부분 많은 사람이 기껏해야 현재보다 20% 내지 30% 정도의 인원 증가 이외에는 어렵지 않느냐, 이런 게 대체적인 의견으로 알고 있습니다.

신동호 알겠습니다. 오늘 말씀 여기까지 듣겠습니다. 고맙습니다.

현근택 네. 고맙습니다.

신동호 지금까지 용인경전철 손해배상청구를 위한 주민소송단 대표 현근택 변호사였습니다.

출처:
MBC 라디오 홈페이지

YTN 라디오와
인터뷰하다

2013년 10월 14일, YTN 라디오(FM 94.5 MHz) 『수도권 투데이』와 인터뷰를 하였습니다. 주민소송을 제기한 직후라서 주민소송이 어떻게 진행되는지 관심이 고조되고 있었습니다.

제목은 '용인경전철 이번엔 주민소송이다'였고, 제가 주민소송단 공동대표로 인터뷰에 응하였습니다. 당시에 제기된 주요 이슈가 실제 주민소송 과정에서 어떻게 판결이 되었는지 비교해 볼 수 있는 자료라고 생각하여 인터뷰 내용을 소개하겠습니다.

'용인경전철 이번엔 주민소송이다' 인터뷰

앵커 수도권에서 일어나는 크고 작은 일들을 집중적으로 알아보는 투데이 이슈 점검 시간입니다. 지난 4월 개통된 용인경전철, 탑승객이 늘지 않아 계속 적자를 기록하는 데다 크고 작은 사고도 끊이지 않고 있습니다. 결국 주민소송단이 소송을 제기했는데요. 용인경전철 손해배상청구를 위한 주민소송단의 공동대표를 맡고 있는 현근택 변호사를 전화로 연결해서 소송과 관련한 자세한 내용 알아보겠습니다. 안녕하십니까?

현근택 변호사(이하 현근택) 네. 안녕하세요?

앵커 이번에 낸 주민소송, 어떤 내용인지부터 좀 설명을 해주시죠.

현근택 네. 간단히 제가 먼저 한 가지 오해가 있는 것 같아서 저희들이 제기한 소송에 대해서 간단히 설명을 드리겠습니다. 저희들이 제기한 소송을 민사소송으로 생각하는 분들이 많은데요. 민사소송이 아니라 행정소송입니다. 주민들이 직접 책임 있는 사람들에게 손해배상 청구를 하는 거라면 이게 민사소송이 될 수 있는데 저희들은 용인시에게 그런 사람들에게 손해배상을 청구하라고 요구하는 거기 때문에 행정소송인 겁니다.

앵커 아, 그렇군요.

현근택 예. 주민소송이 2006년에 지방자치법에 도입된 제도인데 아직 이게 활성화가 안 되어서 좀 생소하게 생각하는 것 같은데요. 주민들이 어쨌든 용역 계약이나 경전철의 계약 당사지가 아니기 때문에 현행법상 직접 청구를 할 수 없습니다. 그래서 이렇게 간접적인 형태를 취하는 겁니다.

앵커 그렇다면 소송 대상이 용인시가 되는 건가요? 어떻게 되는 건가요?

현근택 네, 그건 맞습니다. 그래서 피고는 지방자치단체장으로서의 용인시 장이고요. 그 시장한테 저희들이 배상 청구하라고 요구하는 사람은 전체가 42명인데요. 전·현직 시장이 3명이고 공무원이 6명이고 그다음에 교통 개발 연구원 있지 않습니까? 수요예측을 하는데, 거기하고 연구원 3명, 시의원 18명, 사업 관계자와 건설사 12명, 해서 전체 42명입니다. 그리고 한가지 질문들을 많이 하시는 게 현직 시장에게 현직 시장에 대한 배상 청구를 하라는 게 모순적이지 않느냐는 말씀들도 있는데요. 피고가 용인시장인 것은 어떤 지방자치단체장으로서의 자격인 것이고 배상 청구를 하라고 하는 건 개인 자격으로 생각하면 되겠습니다.

앵커 그렇군요. 단순히 누구의 잘못이라고 하기보다 용인경전철은 구조적인 토착 비리의 부산물이라는 보도 내용도 있던데 어떻게 보십니까?

현근택 네, 맞습니다. 그런 부분이 분명히 있습니다. 그렇지만 어쨌든 시장이나 시의원들이라는 건 어떤 주민들에 의해서 선출된 사람으로서 주민들의 이익을 위해서 일을 해야 할 책임이 있다고 생각하고요. 잘못된 정책에 대해서는 단순히 정치적인 책임만 물을 것이 아니라 법적인 책임도 져야한다고 생각하는데 시장이나 시 의원은 물러나면 그만이지만 그에 따른 책임은 고스란히 주민들에게 남는 것 아니겠습니까? 그런 법적인 책임이나 사후적인 책임도 물을 필요가 있다고 보고 있습니다.

앵커 소송 대상이 되는 사람이 상당히 다양한데 소송의 목적은 정확히 어떤 겁니까?

현근택 네. 이번 소송의 사실은, 주된 목적은 돈을 받는 목적도 있지만 실패한 정책에 대해서 법적인 책임을 묻는 선례를 남기자는 게 주된 취지입니다. 그래야만 앞으로도 이런 일이 반복되지 않을 거고요. 그리고 내년에 지방선거를 앞두고 있기 때문에 또다시 각종 개발 공약이 쏟아질 걸로 보이는데 이번 소송이 이런 것들을 제어하는 역할을 할 것으로 기대하고 있습니다. 그리고 어쨌든 현재 주민소송이 2006년에 도입되었지만, 요건이 굉장히 까다롭기 때문에 별로 활성화가 안 되어 있습니다. 그래서 최근에 주민단체들이 요건을 보다 완화시킨 국민 소송법 제정 운동을 하고 있는데 저희들의 소송이 이 국민 소송법을 제정하는 데도 좋은 계기가 될 것으로 기대하고 있습니다.

앵커 용인경전철은 사실 건설 전부터 잡음이 있었던 걸로 알고 있습니다. 경전철 건설이 결정된 이후의 상황을 좀 정리해 주시겠습니까?

현근택 네. 간단히 말씀드리겠습니다. 용인이 사실 시가 된 게 1996년입니다. 그런데 경전철이 추진된 것은 그보다 1년 전인 95년부터 추진되었습니다. 그런데 본격적으로 이 사업이 이정문 전 시장, 현재 구속되어 있는데 그분이 선거에 출마하면서 공약으로 내세웠고요. 그분이 2002년 7월부터 임기를 시작했는데 그때부터 본격적으로 추진됐습니다. 그래서 사업자, 우선협상대상자가 2002년 9월에 선정되었고요. 계약도 2004년 7월에 했고요. 착공도 2005년 12월에 해서 어쨌든 그 이정문 전 시장 임기가 2006년 6월에 끝나는데 그 전에 **착공**까지 이뤄졌고요. 그다음에 그다음 시장 때는 공사가 이뤄졌고, 그다음에 현 김학규 시장이 이제 2010년 7월에 임기가 시작됐는데 이때부터는 사실 법적 분쟁이 시작되어서 지금처럼 어려운 문제에 닥쳤습니다. 왜냐하면 2010년 7월 임기 바로 시작할 때 공사 완료되었습니다. 그런데 준공을 내주니, 안 내주니, 하면서 서로 소송을 했고요. 그다음에 올해 4월에 개통하게 된 것입니다. 간단히 요약해서 말씀을 드리면...

앵커 무엇보다도 예측, 수요를 잘못해서 적자운영이 되고 있는 것으로 알고 있는데 몇 명 정도가 이용을 하고 있습니까?

현근택 지난 4월 26일에 개통을 했는데요. 100일간 운행한 기록을 보니 하루 평균 탑승객이 9천 명 정도인 것으로 알고 있습니다. 그런데 이것은 처음에 호기심으로 타는 사람들도 있었는데 5월에는 한 30만 9천 명이었고요. 6월에는 25만 8천 명이었고요. 7월에는 25만 1천 명으로 매달 탑승객이 오히려 줄어들고 있습니다. 최근에는 8월, 9월, 10월에는 이 탑승 인원을 밝히지 않아서 정확한 수치는 모르지만, 탑승객이 줄어들고 있지 않나, 하는 이런 의구심을 갖고 있습니다. 이는 2004년에 실시 협약할 때의 예측했던 인원이 17만 1천 명인데요. 올해 기준으로... 5%에 불과한 수치입니다. 이걸로 인해서 수요예측이 얼마나 잘못되었는지 여실히 보여주고 있습니다.

앵커 예. 그 용인경전철의 대주주죠? 캐나다 봄바디어사와의 소송전에서 패소하지 않았습니까?

현근택 네.

앵커 그때 상황 좀...

현근택 이게 좀 제가 설명이 필요한 것 같은데요. 이게 법적인 분쟁이 발생했을 때 국내 법원이 아니라 국제상공회의소 국제중재를 받기로 했습니다. 이 국제중재라는 것이 판사가 아니라 민간이 3명이 중재가 되고 양쪽에서 한 명씩 선임해서 위원장을 지정한 방식인데 한번 판정이 나면 불복이 불가능합니다. 2심, 3심 없고요.

앵커 아, 그렇군요.

현근택 우리가 한미 FTA 때 ISD 제도가 굉장히 독소조항이라는 지적이 있지 않았습니까? 그거랑 비슷하게 보면 됩니다.

앵커 그렇군요.

현근택 그런데 봄바디어사가 우리나라에는 잘 알려지지 않았는데요. 캐나다에 본사를 두고 있고 철도차량에서는 세계 1위입니다. 그리고 항공기 제조에서는 세계 3위를 하는 다국적 기업인데 국제상공회의소에 영향력이 있을 것 아닙니까? 그래서 이 용인시가 그걸 당해낼 재간이 없습니다. 그래서 어쨌든 중재로 가서 1차, 2차 판정까지 받았는데 전부 패소했습니다. 그래서 그 물어준 돈이 8천500억 물어주게 되었고요. 그다음에, 소송에 패소했으니까 상대방 변호사 비용 물어줘야 할 것 아닙니까? 그걸 80억을 물어줬고 그동안 멈춰 서 있기 때문에 재가동에 필요한 350억도 물어줬습니다.

앵커 현재 적자는 어느 정도 규모입니까?

현근택 저희들이 알고 있기로는 지금까지 들어간 돈이 한 5천억 정도고요. 앞으로 30년간 들어갈 돈이 2천600억 정도로 보고 있어서, 30년 간 한 3조 천억, 매년 천억 정도 들어갈 걸로 보고 있습니다. 그런데 지금 하루 9천 명 정도가 탑승하고 있으면 운영 수입이 연간 42억 정도 됩니다. 그러면 결국

950억 정도는 매년 적자가 발생하는 건데요. 다만 이는 건설비하고 현재 상태 운행만 감안한 것이고 시설 유지라든지 차량 부품, 시스템 교체, 유지비용 감안하지 않은 겁니다. 이런 것까지 감안하면 천억 이상씩 계속 적자가 날 것으로 보고 있습니다.

앵커 네. 그렇게 적자가 계속되면 뭔가 돌파구를 마련해야 할 텐데 해결책은 없는 겁니까?

현근택 저희들도 이게 소송만으로 문제가 해결될 것은 아니라고 보고 있기 때문에 지난 9월 5일에 강남대학교와 함께 문제 해결을 위한 토론회를 개최했는데요. 여기에서 활성화를 하는 의견도 있었지만, 다른 용도로 사용하자거나 아니면 에버랜드 등에 매각이 되지 않으면 결국 철거할 수밖에 없지 않느냐는 의견이 다수였습니다. 일단 철거 비용이 얼마 드는지 산정해 볼 필요가 있고요. 30년간 매년 천억씩 지급하는 게 좋은지 아니면 철거하는 게 좋을지는 검토해 봐야 할 것입니다. 그리고 저희들이 내년 지방선거에 나오는 분들에게 이에 대한 어떤 해결을 요구할 것입니다.

앵커 그렇군요. 이번 소송에서 승소를 하더라도 결국 용인시의 세금이 빠져나가는 것 아닙니까? 어떻습니까?

현근택 네. 아까도 말씀드렸지만 저희들이 용인시장에게 책임 있는 자들에게 손해배상청구하라고 하는 거기 때문에 소송에서 만약 저희들이 이기면 용인시가 그 사람들에게 배상 청구를 해야 하는 것입니다. 그래서 용인시가 만약에 그 사람들에게 손해 배상을 받으면 돈이 주민들에게 오는 게 아니라 용인시 재정으로 들어가기 때문에 용인시 재정에 오히려 보탬이 되는 겁니다.

앵커 그렇군요. 지금 적자 운행입니다만 계속 운행이 되고 있는데 당장이라도 경전철이 문을 닫아야 한다고 생각하십니까?

현근택 이게 좀 어려운 문제인데요. 어쨌든 지금처럼 굉장히 적자가 커지는 상황에서는 일단 매일 새벽부터 밤늦게까지 300회 정도 운행하고 있는데요. 그거는 좀 일단 포기하고 승객이 모이면 출발하는 식으로 좀 축소 운행은 일단 불가피하다고 봅니다. 그리고 주민들이나 전문가들 의견을 모아서 다른 용도로 사용하거나 아니면 매각하거나 철거하는 방안을 생각해 봐야 하는데 용인시는 사실 지금까지 밀실 행정을 펼치다가 이렇게 어려운 입장에 처했습니다. 저희들이 민간 합동 위원회를 구성해서 같이 고민해 보자고 제안을 했는데 특별한 답이 없었습니다. 어쨌든 이게 철거하는 게 좋은지 아니면 계속 운행하는 게 좋은지의 판단은 빠를수록 좋다고 보는데요. 어쨌든 제 생각에는 2, 3년 후에 이것을 계속 운행하다 보면 철거하자는 의견이 나오지 않겠느냐고 보고 있습니다.

앵커 네, 지금까지 용인경전철 손해 배상을, 청구를 위한 주민소송단의 현근택 공동 대표였습니다. 오늘 말씀 잘 들었습니다.

현근택 고맙습니다.

법원, 3차례
보도자료를 내다

12년간 주민소송을 진행하면서 법원 보도자료는 세 번이 있었습니다. 첫 번째는 대법원에서 파기환송을 했을 때이고, 두 번째는 서울고등법원에서 손해배상액을 확정하였을 때이고, 세 번째는 대법원에서 한국교통연구원 연구원 개인 3인에 관한 판단을 다시 해야 한다고 했던 때입니다.

법원에서 보도자료는 중요한 사건에 대해서만 낸다는 사정을 고려하면 보도자료가 세 번이나 있었다는 것은 그만큼 사건의 중요성이 있었다는 방증이 아닐 수 없습니다.

용인경전철 주민소송은 행정법학 교과서에도 소개가 될 정도로 중요한 판례이기에 20년 이상 변호사 생활을 하면서 가장 보람이 있는 소송이라고 할 수 있습니다. 법원 보도자료가 판결문의 내용과 취지를 가장 집약적으로 설명하고 있어서 인용하겠습니다.

《대법원 보도자료 - 대법원 2020. 7. 29. 선고》

대법원 2017두63467 주민소송 사건 보도자료

> 대법원(주심 대법관 권순일)은 2020. 7. 29. 용인경전철 사업 관련 주민
> 소송 사건에서 '민간투자사업(BTO 방식)의 용인경전철 사업이 용인시
> 주민들로 구성된 원고들의 주장과 같이 명백한 오류가 있는 수요예측
> 조사결과 등을 토대로 실시된 것이라면, 용인시가 용인경전철 사업을
> 추진한 용인시장, 수요예측 조사 용역을 실시한 한국교통연구원 등에게
> 용인경전철 사업 추진 등으로 입은 손해배상금 등의 청구를 요구하는
> 주민소송이 가능하다'고 보고 이에 반하는 원심을 파기하였음(대법원
> 2020. 7. 29. 선고 2017두63467 판결)

1. 사안의 개요

가. 사실관계

□ 용인경전철 민간투자사업(이하 '이 사건 사업'이라 함)은 구 민간투자법
에 따라 BTO 방식*으로 약 18km 구간에 경량 도시철도를 건설하여 운영
하는 사업이고, 피고가 주무관청임

□ 피고는 2000. 9. 6. 한국교통연구원에 '건설 타당성 분석 및 실행플랜

---

*   사회기반시설의 준공과 동시에 해당 시설의 소유권이 국가 또는 지방자
     치단체에 귀속되며 사업시행자에게 일정기간의 시설관리운영권을 인정
     하는 방식

수립'에 관한 용역을 의뢰하였고, 2001. 9. 5. 한국교통연구원으로부터 수요예측조사결과가 포함된 용역보고서를 제출받음

□ 피고(당시 시장 이정문)는 2002. 9. 3. 캐나다 건설회사인 '봄바디어'(Bombardier Inc.) 등으로 구성된 컨소시엄(이후 특수목적법인인 '용인경전철 주식회사'를 설립함. 이하 '용인경전철'이라 함)을 우선협상대상자로 지정한 후 2004. 7. 27. 용인경전철과 사이에 이 사건 사업에 관한 실시협약(이하 '이 사건 실시협약'이라 함)을 체결함

□ 이 사건 실시협약에 따라, 총사업비 6,970억 원, 운영비 7,450억 원, 2008년 기준 1일 예상교통수요 13만 9,000명을 기준으로 30년간 90%의 최소 운영수입보장(MRG) 등이 정해짐

□ 용인경전철은 건설공사를 완료한 뒤 2010. 7. 5.부터 3회에 걸쳐 용인시에 준공보고서를 제출하였으나, 피고는 준공보고서를 모두 반려하였고, 이에 용인경전철은 2011. 1. 11. 이 사건 실시협약을 해지한 뒤, 2011. 2. 18. 국제상업회의소(ICC) 산하 국제중재법원(ICA)에 국제중재를 신청함. 국제중재법원은 2011. 9. 26.(1차)과 2012. 6. 11.(2차) 두 차례에 걸쳐 '용인시는 용인경전철에게 미지급 공사비 5,158억 9,100만 원과 기회비용 명목 2,627억 7,200억 원을 지급하라'는 내용의 중재판정을 함

□ 피고와 용인경전철은 2차 중재판정 직전인 2012. 4. 19. 이 사건 실시협약의 해지를 철회하고, 최소운영수입보장 방식에서 연간 사업운영비 보전 방식으로 사업구조를 변경하는 등의 양해계약 및 재가동약정을 체결함

□ 이에 용인경전철은 2013. 4. 26.부터 경전철 운행을 개시하였는데, 운

영 첫해인 2013년의 실제 이용수요는 1일 평균 약 9,000명에 불과하였고,
2017년의 실제 이용수요는 1일 평균 2만 7천 명이었음
□ 원고들을 비롯한 용인시 주민들은 2013. 4. 11. 이 사건 사업에 관한 주
민 감사를 청구하였고, 이후 이 사건 사업과 관련하여 2011년 당시까지 투
입된 1조 32억 원 등을 용인시가 입은 손해로 보아 2013. 10. 10. 피고에게
그 손해를 끼친 이정문, 서정석, 김학규(이상 용인시 전 시장), 관련 공무원
들, 한국교통연구원 등을 상대방으로 하여 손해배상청구 등을 할 것을 요
구하는 취지로 주민소송을 제기함

나. 소송경과

□ 제1심(원고들 일부 승소*) ⇨ 원심(원고들 일부 승소**)

□ 원심(= 제1심)은 원고들이 주장한 사유를 개별적으로 나누어 주민소송
의 대상 해당 여부, 손해배상책임 유무 등을 판단하여, 이를 주민소송의 대
상에 해당하지 않아 부적법하다고 보거나, 손해배상책임이 발생하지 않는
다는 취지로 사실상 원고들 패소 판결을 선고하였음

---

*   용인시 정책담당보좌관이 국제중재 대리를 위한 법무법인 선정 과정에서
       공정한 입찰을 방해하여 용인시에 손해를 입혔다는 부분에 대하여만 승
       소이고, 나머지 부분은 모두 패소임
**   원고들 승소 부분의 범위만 변경된 것이고, 실질적인 승패는 제1심과 유
       사함

다. 관련 법령

지방자치법 제17조(주민소송)

① 제16조 제1항에 따라 공금의 지출에 관한 사항, 재산의 취득·관리·처분에 관한 사항, 해당 지방자치단체를 당사자로 하는 매매·임차·도급 계약이나 그 밖의 계약의 체결·이행에 관한 사항 또는 지방세·사용료·수수료·과태료 등 공금의 부과·징수를 게을리한 사항을 감사청구한 주민은 다음 각 호의 어느 하나에 해당하는 경우에 그 감사청구한 사항과 관련이 있는 위법한 행위나 업무를 게을리한 사실에 대하여 해당 지방자치단체의 장(해당 사항의 사무처리에 관한 권한을 소속 기관의 장에게 위임한 경우에는 그 소속 기관의 장을 말한다. 이하 이 조에서 같다)을 상대방으로 하여 소송을 제기할 수 있다. (각 호 생략)

② 제1항에 따라 주민이 제기할 수 있는 소송은 다음 각 호와 같다.

1. 해당 행위를 계속하면 회복하기 곤란한 손해를 발생시킬 우려가 있는 경우에는 그 행위의 전부나 일부를 중지할 것을 요구하는 소송 2. 행정처분인 해당 행위의 취소 또는 변경을 요구하거나 그 행위의 효력 유무 또는 존재 여부의 확인을 요구하는 소송 3. 게을리한 사실의 위법 확인을 요구하는 소송 4. 해당 지방자치단체의 장 및 직원, 지방의회의원, 해당 행위와 관련이 있는 상대방에게 손해배상청구 또는 부당이득반환청구를 할 것을 요구하는 소송. 다만, 그 지방자치단체의 직원이 「회계관계직원 등의 책임에 관한 법률」 제4조에 따른 변상책임을 져야 하는 경우에는 변상명령을 할 것을 요구하는 소송을 말한다.

2. 대법원의 판단

가. 쟁점

□ 지방자치법 제17조 제2항 제4호 주민소송(이하 '제4호 주민소송'이라함)의 대상 등

나. 판결 결과

□ 일부 파기환송, 나머지 상고기각

이정문 전직 시장에 대한 부분, 한국교통연구원 및 연구원들에 대한 부분등은 모두 파기됨

다. 중요 판시사항

(1) 감사청구와의 관련성

□ 주민감사청구가 '지방자치단체와 그 장의 권한에 속하는 사무의 처리'를대상으로 하는데 반하여, 주민소송은 '그 감사청구한 사항과 관련이 있는위법한 행위나 업무를 게을리한 사실'에 대하여 제기할 수 있는 것이므로, 주민소송의 대상은 주민감사를 청구한 사항과 관련이 있는 것으로 충분하고, 주민감사를 청구한 사항과 반드시 동일할 필요는 없음. 주민감사를 청구한 사항과 관련성이 있는지 여부는 주민감사청구사항의 기초인 사회적사실관계와 기본적인 점에서 동일한지 여부에 따라 결정되는 것이며 그로부터 파생되거나 후속하여 발생하는 행위나 사실은 주민감사청구사항과관련이 있다고 보아야 함

□ 그런데 원심은 주민소송의 대상을 주민감사청구사항과 동일할 것을 전제로 원고들의 주민소송 청구 부분 다수를 부적법하다고 판단하였음. 이러한 원심의 판단에는 주민소송의 대상에 관한 법리를 오해한 잘못이 있음

(2) 제4호 주민소송 대상(재무회계행위 등)

□ 제4호 주민소송은, 공금의 지출에 관한 사항, 계약의 체결·이행에 관한 사항 등의 재무회계행위를 감사청구한 주민들이 그 사항과 관련이 있는 위법한 행위나 업무를 게을리한 사실에 대하여 해당 지방자치단체의 장 및 직원, 지방의회의원, 해당 행위와 관련이 있는 상대방 등에게 손해배상청구, 부당이득반환청구, 변상명령 등을 할 것을 요구하는 소송임

□ 이정문 전 시장을 상대방으로 하여 손해배상청구를 요구하는 부분과 관련 하여, 법원으로서는 이 사건 실시협약 체결행위와 관련이 있는 모든 적극적·소극적 행위들을 확정하고 거기에 법령 위반 등의 잘못이 있는지 여부를 구체적으로 따져본 다음 전체적으로 보아 그 위법 여부를 판단하여야 함

□ 그런데 원심은 이정문 전 시장의 행위들을 개별적으로 나누어 각각 민사상 불법행위에 해당하는지 여부와 그로 인하여 손해가 발생하였는지 여부 등을 판단하였음. 원심의 판단에는 주민소송의 대상에 관한 법리를 오해한 잘못이 있음

(3) 지방자치단체와의 계약당사자를 상대방으로 한 주민소송

□ 원고들은, 용인시로부터 용인경전철 수요예측 조사 등의 용역을 의뢰받

은 한국교통연구원과 그 연구원들이 명백한 오류가 있는 수요예측 용역보고서를 작성하였음을 이유로, 피고에게 그들을 상대방으로 하여 손해배상청구를 요구할 것을 주장하였음

□ 원고들의 주장과 같이 용인시가 한국교통연구원 등으로부터 오류가 있는 용역보고서를 제출받았다는 것은 재무회계행위와 관련이 있는 행위이거나 사실이고, 이러한 용역업무의 수행이 민사상 채무불이행이나 불법행위에 해당할 때에는 용인시에 그들을 상대로 손해배상청구 등을 할 것을 요구하는 것은 주민소송의 대상에 해당함

□ 그런데 원심은 한국교통연구원 등의 손해배상책임 등에 대한 본안판단 없이 한국교통연구원 등의 수요예측행위 자체가 지방자치단체의 재무회계행위에 해당하지 않는다는 이유로 부적법하다고 판단하였음. 원심의 판단에는 주민소송의 대상 등에 관한 법리를 오해한 잘못이 있음

3. 판결의 의의

□ 민간투자사업은 장기간에 걸쳐 지방자치단체의 재정에 심대한 영향을 줄 수 있는 파급력 있는 재무회계행위에 해당함. 따라서 지방자치단체장이 관련 법령을 위반하였거나 사업의 적정성 등에 관한 충분한 검토 없이 민간 투자사업을 추진함으로써 지방자치단체에 손해를 입혔다면, 지방자치단체의 주민들은 지방자치단체에 지방자치단체장이나 민간투자사업 관련자들을 상대로 하여 그 손해배상금의 청구를 요구하는 내용으로 주민소송을 제기할 수 있음을 명시적으로 밝힌 사례임. 특히 이 사건은 2005. 1. 27.

지방자치법의 개정으로 주민소송제도가 도입된 이래 지방자치단체가 시행한 민간투자사업 관련 사항을 주민소송의 대상으로 삼은 최초의 사례임

□ 그리고 지방자치단체와 사이에 계약을 체결하였음에도 이를 제대로 이행하지 않아 지방자치단체에 손해를 끼친 경우에도, 지방자치단체의 주민들이 지방자치단체에 그 계약당사자를 상대로 하여 손해배상금 등의 청구를 요구하는 내용으로 주민소송을 제기할 수 있음을 밝힌 최초의 사례임

(☞ 이러한 경우 법원으로서는 계약당사자의 위법행위, 고의 또는 과실, 지방자치단체의 손해 등에 대하여 심리를 하여야 함)

《서울고등법원 보도자료 - 서울고등법원 2024.2.14. 선고》

용인 시민들의 주민소송을 받아들여 前 용인시장과 수요예측 업무 담당 기관의 손해배상책임 인정

서울고등법원 2024. 2. 14. 선고 2020누50128 판결 (행정 10부 : 재판장 성수제, 판사 양진수, 하태한)

1. 사안의 개요

□ 용인시는 1995년부터 민간투자사업의 형태로 용인경전철 건설 사업을 추진하여 오던 중, 2000년에 한국교통연구원과 용역계약을 체결하여 용인경전철 건설의 타당성 분석에 관한 용역을 의뢰하였고, 한국교통연구원은 용인시에 수요예측이 포함된 용역보고서를 제출

□ 용인시는 이○문 전 시장의 재임 중(2002. 7. 1. ~ 2006. 6. 30.)이던 2004. 7. 27. 사업시행자와 용인경전철 건설에 관한 실시협약을 체결하였는데, 사업 초기 시공·운영 위험을 부담하는 사업시행자에 대한 사업참여 유인의 일환으로 '최소수입 보장 약정'을 실시협약에 포함시킴

- 위 최소수입 보장 약정은 한국교통연구원의 사업 타당성 검토, 그중에서도 특히 '수요예측' 부분을 토대로 한 것이었음

□ 그런데 용인경전철 완공 후에 실시협약의 기초가 된 한국교통연구원의 위 수요예측에 현저히 미달하는 인원수만 실제로 용인경전철을 이용함에 따라 예상 수입과 실제 수입 사이의 간극이 커지게 되었고, 용인시는 실시

협약 중 최소수입 보장 약정 부분에 따라 사업시행자에게 거액의 재정지원금을 지급하는 손해를 입게 됨

□ 이○문 시장 퇴임 후 용인시의 후임 시장들은 '최소수입 보장 약정'을 '사업운영비 보전 방식'으로 변경하는 내용의 변경협약을 체결하는 등 용인시의 손해를 줄이려는 노력을 하였으나, 변경협약에 의하더라도 용인시는 여전히 2043년까지 매년 사업시행자에게 거액의 재정지원금을 지급해야 하는데, 이미 지급한 액수까지 합하면 그 금액은 무려 2조 원이 넘는 천문학적인 액수에 이름

2. 소송의 경과

□ 용인시민들인 원고들은 2013년 수원지방법원에 용인시장을 피고로 하여, '용인시장은 전 용인시장 이○문, 서○석, 김○규 및 실시협약에 관한 사업타당성 검토 업무(수요예측 업무 포함)를 수행한 한국교통연구원과 그 연구원들을 상대로 하여 손해배상청구를 하라'는 내용의 주민소송 제기

- 당초 청구금액을 약 1조 32억 원으로 하였다가, 환송 후 서울고등법원에서 최종적으로 약 2조 432억 원으로 확장

□ 1심(수원지방법원 2017. 1. 16. 선고 2013구합9299 판결)과 환송 전 항소심(서울고등법원 2017. 9. 14. 선고 2017누35082 판결)은 전체 손해배상청구 중 극히 일부인 법무법인 선정 관련 손해 부분만 인정하고, 나머지 부분(주된 청구 부분 전부 포함)은 모두 소각하 또는 청구기각하는 내용의 판결을 선고

□ 그러나 대법원은 이○문 전 시장과 한국교통연구원의 손해배상책임 인정 여부에 대하여 더 심리하여 다시 판단하라는 취지로 파기환송 (대법원 2020. 7. 29. 선고 2017두63467 판결)

□ 이에 환송 후 서울고등법원이 대법원의 파기환송 취지에 따라 심리를 진행하여 판결을 선고함

3. 환송 후 서울고등법원 재판부의 판결 요지 (원고들의 주된 청구 부분에 관하여 손해배상책임을 정면으로 인정하는 취지로 원고들 일부 승소 판결)

가. 손해배상책임의 성립

1) 전(前) 용인시장 이○문의 실시협약 체결에 관한 중대한 과실 인정

□ 최소운영수입 보장 약정을 하였다는 것 자체가 위법한 것은 아니지만, 한국교통연구원의 과도한 수요예측에 대하여 그 타당성을 검토(직접 또는 용인시 담당 직원들에게 검토를 지시하고 보고받는 방식 등)하려는 최소한의 시도조차 하지 않고 이를 그대로 실시협약의 기초로 삼아 사업시행자에게 일방적으로 유리한 내용이 포함되도록 하고, 용인시와 사업시행자 사이에 적절한 위험부담이 이루어지지 않도록 한 것은 '시장으로서의 선관주의 의무를 현저히 해태한 것'임

□ 실시협약안을 검토한 기획예산처장관이 '30년간 90% 운영수입 보장은 축소할 필요가 있다'는 심의결과를 통보하였음에도, 이○문은 실시협약에 반영하지 않음

□ 그 과정에서, 운영수입 보장기간, 보장수준(보장의 최대한도), 보장조건 등을 합리적인 수준으로 개선하여 용인시의 손실을 줄일 수 있는 내용을 포함하고 있는 2003년 민간투자사업 기본계획을 적용하지 않고, 보장기간, 보장수준·조건 면에서 용인시에게 더 불리한 2002년 기본계획을 적용

□ 저지 규정조차 두지 않음 [저지규정 : 실제 운영수입이 추정 운영수입을 현저히 밑돌 경우(가령 50% 미달) 아예 운영수입 보장대상에서 제외함으로써 사업시행자가 과도한 수요예측을 하지 않도록 사전에 차단하는 조항]

□ 거액의 재정 지출을 수반함에도, 용인시의회의 사전 의결 절차 등 법령상 필요한 절차조차 준수하지 않음

2) 한국교통연구원과 그 연구원들의 과실 인정

□ 용인경전철 건설의 타당성 분석에 있어, 과도한 수요예측 결과를 바탕으로 한 잘못이 있고, 이로써 용인시에 손해를 입힘

- '수요예측에 따른 교통수요 추정'은 사업 실시 여부 자체 및 실시협약의 내용과 직결되는 중요한 요소임

- 그런데도 수요예측에 관한 합리적인 방법을 사용하지 않고 과도한 수요예측을 함 (용인경전철 개통 후 실제 탑승인원은 실시협약에서의 예상치 대비 5 ~ 13% 수준에 불과)

- 용인경전철을 둘러싼 여러 환경이 많이 변하였음에도 과거의 자료를 거의 그대로 사용하여 예상 수요 산출

□ 이는 용인경전철 사업의 정책결정권자인 이○문의 실시협약 체결 여부

및 구체적인 내용에 관한 의사결정에 실질적인 영향을 미침

□ 한국교통연구원의 연구원들이 용인시측 협상단에 참여하기도 하여, 수
요예측 결과가 실시협약 체결 여부와 그 내용에 중요한 요소가 될 것임은
충분히 예견 가능한 것이었음

3) 성립하는 손해배상책임의 법적 성격

□ 전 용인시장 이○문과 연구원들은 공동불법행위 성립, 한국교통연구원
은 용인시와의 용역계약의 당사자로서 채무불이행책임(불완전이행)과 사
용자책임이 성립하여 위 공동불법행위자들과 부진정 연대채무 관계

4) 이후의 변경협약에도 불구하고 인과관계 단절되지 않음

□ 이○문의 시장 임기가 끝난 후 후임 시장인 서○석, 김○규 재임 당시에
'최소수입보장 방식'을 '사업운영비 보장 방식'으로 변경하여 용인시의 손
해를 줄이는 형태로 위 실시협약에 대한 변경협약을 체결하기는 하였으나,
변경협약으로 용인시가 지출하여야 하는 관리운영비 상당의 금액은 결국
'최소수입보장 방식'에 따른 손해의 변경된 형태에 불과함

나. 용인시에 발생한 손해의 확정 및 이에 대한 책임제한

1) 용인시에 '발생'한 손해액의 산정

□ 손해액의 산식은 '과도한 수요예측으로 인하여 용인시가 부담하게 된
재정지원금 합계 금액'(이하 편의상 ⓐ)과 '수요예측이 합리적이었을 경우

에 용인시가 부담하였을 것으로 추정되는 재정지원금 합계 금액'(이하 편의상 ⓑ)의 차액(ⓐ -ⓑ)으로 산정

□ 용인시는 변경협약 조항에 따라 2013년부터 2022년까지 사업시행자에게 약 4,293억 원의 재정지원금을 이미 지급하였고, 추후 2043년까지 1조 원 이상의 재정지원 금을 더 지급하여야 함

- 용인시가 추후 사업시행자에게 지급할 재정지원금의 액수가 달라질 가능성이 있어 변론종결일 현재 사업시행자에게 이미 지급한 약 4,293억 원만을 ⓐ로 인정함

□ 다만 현시점에서 ⓑ 부분을 정확히 산정하는 것이 어려운데, 관련 법 규정과 법리*에 따라 부득이 ⓑ를 0으로 간주하여 위 약 4,293억 원을 용인시의 손해액으로 확정하고, 다만 손해액이 부당하게 과다해지는 것을 방지하기 위해서 뒤에서 책임제한 부분에서 참작함

2) 책임제한 ☞ '실제 배상의무 있는' 손해액의 확정

□ 책임제한에 관한 법리에 의하면, 피해자에 대한 관계에서 '공동불법행위자들'의 책임비율은 사람별로 산정하는 것이 아니라 전체에 대하여 하나의 책임비율을 산정해야 하지만, '공동불법행위자 아닌 부진정연대채무자'의 책

---

* 　'재산적 손해의 발생 사실이 인정되나 구체적인 손해의 액수를 증명하는 것이 사안의 성질상 곤란한 경우'에는 변론 전체의 취지와 증거조사의 결과에 의하여 인정되는 모든 사정을 종합하여 '상당하다고 인정되는 금액'을 손해배상 액수로 정할 수 있음

임비율은 사람별로 개별적으로 산정할 수 있음

□ 피해자인 용인시에 대한 관계에서 '공동불법행위자'인 이○문 전 시장과 연구원들의 책임비율은 전체적으로 5%로 산정함이 타당함 ⇨ 손해배상금의 액수는 214억 6,809만 5,900원이 됨

- ⓑ 부분이 실제 0원은 아닐 것이므로 이를 반영

- 수요예측 업무의 전문가가 아닌 선출직 공무원인 이○문의 입장에서 한국교통연구원의 수요예측 결과를 신뢰한 것은 어느 정도 수긍할 수 있음 (다만, 무작정 신뢰하기만 하고 그에 대한 검증·확인을 하지 않아 손해배상책임 자체는 인정하는 것임)

□ 피해자인 용인시에 대한 관계에서 '공동불법행위자 아닌 부진정연대채무자'인 한국교통연구원의 책임비율은 1%로 산정함이 타당함 ⇨ 손해배상금의 액수는 42억 9,361만 9,180원이 됨

- 한국교통연구원의 책임비율은 이○문 전 시장의 책임비율보다는 낮게 정함이 타당 - 설령 한국교통연구원 소속 연구원들이 과도한 수요 예측을 하였더라도, 이○문 전시장은 최종 책임자로서 그러한 과도한 수요예측을 제대로 검토·확인하여 이를 수정 반영하거나 저지 규정을 둘 수 있었음에도 그러한 조치를 취하지 않아 사업시행자에게 일방적으로 유리한 내용의 실시협약을 체결하였기 때문임

□ 연구원들은 한국교통연구원 소속이기는 하지만, '피해자인 용인시와의 관계'에 서는 앞서 본 법리에 따라 공동불법행위자인 이○문 전 시장과 함께 책임비율은 5%로 하고, 추후 별도의 소송 등에서 '용인시와 연구원들 사

이의 내부 관계'에서 과실비율을 정해야 할 필요가 있을 때 한국교통연구원의 위 책임비율(1%)을 참작하여 연구원들의 과실비율을 정할 수 있을 것임

- '용인시와 연구원들의 내부 관계에서의 과실비율'은 이 사건의 쟁점이 아니므로, 더 나아가 판단하지 않음

3) 손익공제(손익상계)는 하지 않음

□ '이 사건 실시협약에 따라 용인시에 귀속되는 용인경전철 차량과 시스템 등 시설 일체'의 가치가 손익공제의 대상이 되는지에 관하여, 용인시가 이미 사업시행자에게 그 대가라고 볼 수 있는 약 5,617억 원을 지급한 사실이 인정되고, 그럼에도 손익공제를 하게 되면 용인시가 이중지급을 하는 결과가 초래되는데 이는 타당하지 않음. 따라서 손익공제의 대상으로 볼 수 없음

□ 그밖에 손익공제의 대상이 될 만한 용인시의 유·무형의 이익을 관념적으로는 상정할 수 있을지 모르나, 적어도 이 사건에서 증명된 바 없음

다. 판결의 주문 관련

1) 주문이 복잡하므로 혼선을 피하기 위하여 '일부 항소기각 + 일부 1심 판결 취소'의 주문이 아닌 '변경 주문'을 사용함

2) 이○문 전 시장 및 한국교통연구원과 연구원들 부분

□ 이 사건은 용인 시민들이 원고가 되어 용인시장을 피고로 하여 제기한

주민소송이므로, 본안에 관한 원고들 승소 부분의 주문은, '손해배상의무자들(이○문 전 시장 및 한국교통연구원과 연구원들)은 용인시에게 손해를 배상하라'는 주문이 아니라, 『피고(용인시장)는 이○문 전 시장 및 한국교통연구원과 연구원들을 상대로, '이○문 전 시장 및 한국교통연구원과 연구원들은 연대하여 214억 6,809만 5,900원을, 참가인 한국교통연구원은 이○문 및 연구원들과 연대하여 그중 42억 9,361만 9,180원을 용인시에게 지급'하도록 청구하라』고 명하는 주문으로 선고함

□ 다만, 일부 소각하 주문이 있음 (재소금지의 원칙, 불이익변경금지의 원칙 관련)

□ 또한, 이○문에 대한 선택적 청구 중 '주위적 청구에서 위와 같이 받아들여지는 부분을 초과하여 청구하는 부분'에 대하여 나아가 판단하여 그 부분 선택적 청구를 기각함

3) 서○석, 김○규(이○문의 후임 용인시장들) 부분

청구기각 (이들의 손해배상책임은 인정되지 않음)

4. 판결의 의의

□ 피해자인 용인시가 원고가 되어 전 용인시장 및 한국교통연구원과 연구원들을 상대로 손해배상청구를 한 것이 아니라, 용인시의 주민들이 원고가 되어 용인시장을 피고로 하여 '전 용인시장 및 한국교통연구원과 연구원들을 상대로 손해배상청구를 하라'고 청구한 사건에서, 주민소송의 인용에 소

극적이던 종전의 판결례와는 달리 손해배상책임을 정면으로 인정함

○ 지방자치단체(이하 '지자체')의 장이 지자체의 재정 지출을 수반하는 재무회계 행위를 할 때 선관주의의무를 다하여야 하고, 그러한 선관주의의무를 현저히 해태한 중대한 과실로 해당 지자체에 손해를 입힌 경우에는, 임기가 끝난 이후에도 해당 지자체의 주민들이 나서서 그러한 전임 지자체장을 상대로 손해배상청구를 하라는 청구를 해당 지자체에 할 수 있음을 선언하였다는 점에서 의미가 있음

○ 다만, 손해배상의 액수 부분에서는 전임 지자체장의 책임이 부당하게 확대되는 것을 막고, 합리적인 범위 내로 손해배상책임을 제한함

□ '지자체의 재정 지출이 수반되는 행위를 한 지자체장'과 '사업의 타당성 여부에 대한 검토 업무를 수행한 기관'의 책임비율을 달리함으로써 결국 최종 책임자인 해당 지자체장의 책임과 비난가능성이 더 크다는 점을 분명히 함

○ 다만, '사업의 타당성 여부에 대한 검토 업무를 수행한 기관'에 대해서도 거액의 손해배상책임을 인정함으로써, 함부로 과도하게 수요 예측을 하거나 근거 없이 좋은 방향으로 사업 타당성 검토를 하는 것은 위법하여 해당 지자체에 대한 손해 배상의무를 부담하게 됨을 선언

□ 위법한 재무회계행위를 한 지자체장의 손해배상책임은 인정하면서도, 그 후임 지자체장으로서 지자체의 손해를 줄이기 위한 노력을 한 지자체장의 손해배상책임은 부정함으로써, 양자의 법적 책임을 분명하게 구별함

《대법원 보도자료 - 대법원 2025.7.16. 선고》

대법원 2024두39158 주민소송 사건 보도자료

용인경전철 사업의 수요예측 실패로 인하여 용인시가 거액의 사업운영비를 부담하게 되자, 원고들(용인시 주민)이 피고(용인시장)를 상대로 지방자치법 제17조 제2항 제4호에 따른 주민소송으로서 '전임 용인시장들, 관련 공무원들, 한국교통연구원(수요예측 기관) 및 연구원들 개인 등을 상대로 손해배상청구를 할 것'을 요구하는 소송을 제기한 사안임

대법원 2부(주심 대법관 엄상필)는, 수요예측의 오류로 용인시에 손해를 입힌 전임 용인시장과 한국교통연구원 등에 대한 손해배상청구 부분에 관하여는 이를 일부 인용한 원심판단을 수긍하여 상고를 기각하면서도, 연구원들 개인에 대한 불법행위 손해배상청구 부분에 관하여는 한국교통연구원의 수요예측 용역 수행과 관련하여 이행보조자 지위에 있었던 연구원들 개인의 행위가 용인시에 대한 독자적인 불법행위에 해당하려면 사회상규에 어긋나는 위법한 행위임이 인정되어야 하는데, 원심이 이를 개별적·구체적으로 심리하지 않은 채 연구원들 개인의 용인시에 대한 불법행위 손해배상책임을 인정한 잘못이 있다고 판단하여 해당 부분 청구를 인용한 원심을 파기·환송하였음(대법원 2025. 7. 16. 선고 2024두39158 판결)

1. 사안의 개요

□ 용인경전철 민간투자사업(이하 '이 사건 사업')은 약 18km 구간에 경량 도시철도를 건설하여 운영하는 사업이고, 용인시가 주무관청임

□ 2000. 9. 6. 용인시는 한국교통연구원에 '용인경전철 건설 타당성 분석 및 실행플랜 수립'을 위한 용역을 의뢰함(이하 '이 사건 용역계약')

□ 2001. 9. 5. 한국교통연구원은 수요예측 결과가 포함된 '용인시 경량전철 실행플랜'(이하 '이 사건 실행플랜')을 용인시에 제출함

□ 2004. 7. 27. 용인시는 용인경전철 주식회사(캐나다 건설회사 봄바디어 등으로 구성된 컨소시엄으로부터 사업시행자 지위를 승계한 특수목적법인)와 이 사건 사업에 관한 실시협약(이하 '이 사건 실시협약')을 체결함. 이는 이 사건 실시플랜의 수요예측 결과를 기초로 체결되었음

□ 이 사건 실시협약에 따라, 총사업비 6,970억 원, 운영비 7,450억 원, 2008년 기준 1일 예상교통수요 13만 9,000명을 기준으로 30년간 90%의 최소 운영수입보장(MRG) 등이 정해짐

□ 2013. 7. 25. 용인시와 용인경전철은 기존 '최소운영수입보장' 방식을 '연간 사업운영비보전(운임수입이 당해 분기 사업운영비에 미달하는 경우 용인시가 부족 금액을 보조금 등으로 지급)' 방식으로 변경하는 내용 등이 포함된 변경협약을 체결함

□ 한편 용인경전철은 2013. 4. 26.부터 경전철 운행을 개시하였는데, 운영 첫해인 2013년의 실제 이용수요는 1일 평균 약 9,000명에 불과하였고, 2017년의 실제 이용수요는 1일 평균 2만 7천 명이었음

□ 원고들을 비롯한 용인시 주민들은 2013. 4. 11. 이 사건 사업에 관한 주민 감사를 청구하였고, 이후 이 사건 사업과 관련하여 2011년 당시까지 투입된 1조 32억 원 등을 용인시가 입은 손해로 보아 2013. 10. 10. 피고(용인

시장)를 상대로 지방자치법 제17조 제2항 제4호에 따른 주민소송으로서, '전임 용인시장들, 관련 공무원들, 한국교통연구원 및 연구원들 개인 등을 상대로 손해배상청구를 할 것'을 요구하는 소송을 제기함

2. 소송의 경과

□ 제1심(원고들 일부 승소) ≒ 환송 전 원심(원고들 일부 승소)

○ 제1심은 용인시 정책담당보좌관이 국제중재 대리를 위한 법무법인을 선정하는 과정에서 공정한 입찰을 방해하여 용인시에 손해 5억 5,000만 원을 입혔다는 부분만 인용하고, 나머지는 모두 각하하였음

○ 환송 전 원심은 제1심과 동일한 부분에 대하여 금액만 10억 2,500만 원으로 변경하고 나머지 각하 부분은 그대로 유지하였음

□ 환송판결(대법원 2020. 7. 29. 선고 2017두63467 판결) ⇨ 일부 파기환송 및 일부 상고기각

○ 대법원은 '용인경전철 사업이 원고들 주장과 같이 명백한 오류가 있는 수요예측조사결과 등을 토대로 실시된 것이라면, 용인시가 용인경전철 사업을 추진한 용인시장, 수요예측조사 용역을 실시한 한국교통연구원 등에게 용인경전철 사업 추진 등으로 입은 손해배상금 등의 청구를 요구하는 주민소송이 가능하다.'고 보고 이에 반하는 원심을 파기하였음

○ 구체적으로 대법원은 한국교통연구원 소속 연구원들 개인에 대한 청구부분도 주민소송 대상에 해당한다고 보면서, '용역업무 수행이 민사상 채무불이행이나 불법행위에 해당할 때에는 용인시는 그 상대방인 한국 교통연

구원이나 그 연구원들에게 손해배상청구 등을 하여야 한다.'고 판단하였음

- 전임 용인시장 부분, 한국교통연구원 및 연구원들 부분 등을 파기함

□ 환송 후 원심(서울고법 2024. 2. 14. 선고 2020누50128 판결) → 원고
들 일부 승소(특히 연구원들 개인의 불법행위책임을 인정함)

○ 전임 용인시장의 수요예측 부실 등으로 인한 불법행위책임 및 연구원
들 개인(참가인 하○○, 김○○, 이○○)의 불법행위책임 부분에 대하여
21,468,095,900원, 한국교통연구원의 채무불이행책임 및 사용자책임 부
분에 대하여 4,293,619,180원의 주민소송 청구를 인용하였고, 나머지 소를
각하하였음

3. 대법원의 판단

가. 쟁점

□ 용인시와 한국교통연구원이 체결한 경전철 수요예측에 대한 용역계약
과 관련하여 한국교통연구원의 수요예측 실패가 계약의 불완전이행(채무
불 이행)에 해당하는 경우, 한국교통연구원의 소속 연구원들이 계약상대방
인 용인시에 대하여 독자적으로 불법행위책임을 부담하기 위한 요건

나. 판결 결과

□ 파기환송(일부)

다. 중요 판시사항

□ 관련 법리

채무자의 이행보조자가 채무자와 계약을 체결한 거래상대방에 대하여 직접 민법 제750조에 따른 불법행위책임을 진다고 보기 위해서는, 이행보조자의 행위가 거래상대방에 대한 채무불이행의 결과를 초래한다는 사정만으로 부족하고, 이행보조자와 채무자 사이의 내부관계에서 벗어나 거래상대방과의 관계에서 사회상규에 어긋나는 위법한 행위라고 인정될 수 있는 정도에 이르러야 한다. 그와 같은 위법한 행위에 해당하는지는 이행 보조자의 침해행위 태양과 침해의 고의 유무, 채무자의 거래상대방이 침해받은 권리의 내용 등을 종합적으로 고려하여 개별적·구체적으로 판단해야 한다(대법원 2019. 5. 30. 선고 2017다53265 판결 등 참조). 한편, 동일한 사실관계에서 발생한 손해의 배상을 목적으로 하는 경우에도 채무불이행을 원인으로 한 배상청구와 불법행위를 원인으로 한 배상청구는 청구원인을 달리하는 별개의 소송물이므로 법원은 원고가 행사하는 청구권에 관하여 다른 청구권과는 별개로 성립요건과 법률효과 인정 여부를 판단해야 하고, 계약 위반으로 인한 채무불이행이 성립한다고 하여 그것만으로 불법행위가 성립하는 것은 아니다(대법원 2021. 6. 24. 선고 2016다210474 판결 등 참조).

□ 연구원들 개인에 대한 불법행위 손해배상청구에 관한 판단

○ 연구원들 개인은 한국교통연구원 소속 연구원 또는 외부 전문가로서, 한국교통연구원의 이 사건 용역계약 수행에 있어 이행보조자였음

○ 원심이 연구원들 개인의 책임을 인정한 근거로 드는 사정들은 한국교통연구원의 채무불이행책임 유무를 판단함에 있어 이행보조자의 과실 측면에서 고려할 사정이 될 수 있으나, 연구원들이 독자적으로 용인시에 불법행위책임을 부담하는 근거가 되기에는 부족함

○ 연구원들 개인의 행위가 용인시에 대한 독자적 불법행위에 해당하려면 이들의 행위가 용인시와의 관계에서 사회상규에 어긋나는 위법한 것임이 인정되어야 하는데, 원심이 들고 있는 사정만으로는 한국교통연구원이 용역을 불완전하게 이행하였고 이로 말미암아 용인시가 손해를 입었음을 알 수 있을 뿐, 더 나아가 연구원들 개인이 용인시에 대하여 사회상규에 어긋나는 위법한 행위를 하였다고 인정하기는 어려움

○ 따라서 원심으로서는 연구원들의 법적·사회적 지위와 용역 업무 수행에서의 역할 등에 따라 용인시와의 관계에서 어떠한 주의의무를 부담하고 있었는지, 연구원들의 행위들 중에서 구체적으로 어떠한 행위가 그러한 주의의무를 위반하였는지, 그 행위가 사회상규에 어긋나는지, 그러한 행위를 함으로써 용인시에 직접적으로 손해를 가하였는지 등을 심리한 다음 이를 바탕으로 참가인 연구원들의 불법행위로 인한 손해 배상책임 성립 여부를 개별적·구체적으로 판단하였어야 함

4. 판결의 의의

□ 대법원은, 지방자치단체에 거액의 예산 손실을 초래하는 행위에 대하여 해당 지방자치단체 주민들이 주민소송을 통하여 책임을 추궁할 수 있다고

본 환송판결(대법원 2017두63467 판결)의 취지에 따라 상고를 대부분 기각하였음

○ 이 판결로써 주민소송 청구는 대부분 인용으로 확정됨

□ 다만 대법원은, 수요예측에 관한 용역계약의 당사자인 한국교통연구원의 이행보조자에 불과한 개인들에게 직접 불법행위책임을 묻는 것은 신중할 필요가 있다는 전제에서, 그 개인들의 행위가 용인시와의 관계에서 사회 상규에 어긋나는 위법한 행위인지에 관한 개별적·구체적 심리가 필요함을 지적하면서 원심판결 중 해당 부분만을 파기·환송함

경제정의실천 시민상을
수상하다[*]

　오늘(2025년 11월 4일), 용인경전철 주민소송단이 경실련 창립 36주년 기념식에서 '경제정의실천 시민상'을 받았습니다. 경실련은 매년 창립 기념식에서 우리 사회의 경제정의와 사회정의 실현을 위해 노력하는 개인과 단체를 선정하여 경제정의실천 시민상을 수여하고 있습니다. 경실련은 이 상을 수여함으로써 수상자들의 양심을 존중하고 용기 있는 행동을 격려하며 시민들이 우리 사회의 빛과 소금의 역할을 더할 수 있도록 장려하는 데 의의가 있다고 하였습니다.

---

*　　수상을 한 이후에 페이스북에 올린 글입니다.

경제정의실천 시민상 수상 소감

경제정의실천 시민상은 큰 영광입니다. 이번 기회에 그동안 도움을 주신 분들께 감사 인사를 드리고 싶습니다. 12년이라는 긴 시간 동안 많은 분의 도움을 받았습니다.

2013년 3월, 용인경전철 손해배상청구를 위한 주민소송단을 만들 때만 해도 이렇게 오랜 시간이 걸릴지 몰랐습니다. 주민소송은 승소 사례가 거의 없습니다. 패소하면 소송비용을 부담해야 할 수 있음에도 불구하고 끝까지 원고로 남아주신 8분께 감사드립니다(안홍택, 오이천, 박순애, 최연희, 김경애, 김기정, 홍의윤, 조병훈). 주민소송단은 용인 지역 시민단체와 개인 20여 명이 모여서 만들었고, 공동대표는 3인이 맡았습니다(안홍택, 현근택, 유진선). 원고는 시민단체에서 1명씩 차출하여 12명으로 시작했는데, 중간에 4명이 빠지고 지금은 8명이 남게 된 것입니다.

12년간 재판을 진행하는 과정은 쉽지 않았습니다. 상대방(용인시)은 대형 로펌(태평양)에 의뢰하여 변호사 여러 명이 소송을 준비하고 법정에 나왔습니다. 용인시 공무원들이 도와주었고, 법정에도 나왔습니다.

저는 혼자서 소송을 준비하고 법정에 나갔습니다. 상대방 변호사가 잘 정리된 주장과 근거를 제시할 때마다 중과부적임을 절감하였습니다. 가끔은 '내가 왜 이 일을 시작했을까? 괜히 대형 로펌에 일거리만 만들어 준 건 아닐까?'라는 생각도 했습니다.

판결을 선고하는 날에는 주민소송단에서 함께 해주셨습니다. 안홍택 목사님, 오이천 교수님, 박순애 누님, 양해경 소장님, 유진선 의장님, 김철 변호사님, 설동환님이 나와 주셨습니다. 좋은 결과가 나오면 함께 기뻐해 주셨고, 좋지 않은 결과가 나오면 위로해 주셨습니다.

재판 과정에 도움을 주신 두 분(김철, 설동훈)께 특별히 감사드립니다. 당초 수원지방법원(1심)과 서울고등법원(2심)에서는, 용인시장과 수요예측 기관(한국교통연구원)을 상대로 한 주민소송은 인정되지 않는다고 판결하였습니다. 일부 승소 (10.25억 원)하기는 했지만, 가장 중요한 문제가 각하 또는 기각되어 사실상 패소한 것과 같았습니다.

혼자서 진행하다 보니 매너리즘에 빠졌고, 사실상 패소하여 의욕도 상실한 상태였습니다. 누군가 새로운 시각에서 도와줄 사람이 절실하게 필요했습니다. 아무런 보상이 없고 질 것이 분명한 사건에 나설 변호사를 찾는 것은 쉬운 일이 아니었습니다. 평소에 알고 지내거나 시민운동에 관심이 있는 변호사들에게 도움을 요청했지만 마찬가지였습니다.

마지막이라고 생각하고 도움을 청한 것이 김철 변호사님

이었는데 기꺼이 나서주셨습니다. 김철 변호사님은 주민소송 제도가 일본에서 시작되었다는 것을 감안하여, 일본 판례를 분석하고 상고이유서를 작성해 주셨습니다. 대법원에서 용인시장과 수요예측 기관도 주민소송의 대상이 된다고 파기환송 하는 것에 결정적인 도움을 주셨습니다. 대법원에서 파기되지 않았다면 오늘의 결과는 없었을 것입니다.

설동훈 님의 도움도 잊을 수 없습니다. 대학에서 행정학을 전공하면서 주민소송에 관심을 갖게 되었고, 리포트를 여러 번 작성한 적이 있어서 쟁점에 대해 잘 알고 있었습니다. 용인경전철에 대한 논문을 많이 찾아주셨는데, 서울고등법원에서 수요예측 기관에 손해배상 책임을 인정받는 것에 많은 도움이 되었습니다.

처음에 주민소송단을 만들고, 주민감사 청구에 필요한 200명 이상의 서명을 받고, 경기도에 주민감사 청구할 때 대표자로 나섰던 유진선 용인시의회 의장님(당시 풀뿌리시민연대 대표)께 감사드립니다. 용인 지역에서 수천 명의 시민들을 상대로 탄원서에 서명받으신 소치영 전 용인시의회 의원님(당시 내일포럼 실행 위원)께도 감사드립니다. 탄원서는 대법원에 제출하였고, 시민들의 열망이 전달되어 파기환송을 받는 데 많은 도움이 되었다고 생각합니다. 유진선, 소치영 의원님은 2014년 용인시의원에 당선되었고, 용인시의회에서 경전철 문제 해결을 위해 노력하셨습니다. 오랫동안 용인에서 시민운동을 해오셨고, 2014년 용인시장에도 출마하셨던 양해경 소장님(당시 사단법인 사람과 평화 대표)께도 감사드립니다.

언론인 여러분들께 감사드립니다. 언론의 관심이 판결에도 많은 영향을 미쳤다고 생각합니다.

마지막으로 관심과 지지를 보내주신 용인 시민들께도 감사드립니다. 아직 끝나지 않았습니다. 대법원에서 연구원 개인 3인에 대한 재판을 다시 하라고 했습니다. 재판 일정은 마지막에 기재되어 있습니다. 앞으로도 많은 관심과 지지를 부탁합니다.

감사합니다.

2025년 11월 4일
용인경전철 주민소송단 공동대표(소송대리인)
현근택 변호사 올림

주민소송
최종 판결이 나다*

용인경전철 주민소송단입니다.

오늘(2025년 12월 17일), 서울고등법원은 한국교통연구원 소속 연구원 개인 3인에 대한 청구를 모두 기각하였습니다. 지난 7월 16일, 대법원이 이정문 전 시장과 한국교통연구원에 대한 청구 금액을 확정하면서 연구원 개인 3인에 관한 판단을 다시 하라고 한 것에 대한 판결입니다. 이번 판결에는 대법원에 상고하지 않겠습니다.

2013년 3월 19일, 용인경전철 주민소송단을 결성하였고,

---

* 최종 판결 선고 이후에 페이스북에 올린 글입니다.

2013년 10월 10일, 수원지방법원에 주민소송 소장을 접수하였습니다. 주민소송단을 만들어서 주민소송을 제기했던 것은, 지자체의 대표적인 세금 낭비 사례로 지적되었던 용인경전철에 대해 수원지검(특수부) 수사·감사원 감사·용인시의회 행정감사 등이 있었지만, 아무도 책임지는 사람이 없어서 마지막 수단으로 선택한 것이었습니다.

주민소송에서 승소한 금액(이정문 전 시장 214억 원, 한국교통연구원 42억 원)은 처음 청구한 금액(사업비 전체 1조 127억 원)에 비하면, 극히 일부에 불과합니다. 그런데도 용인경전철 주민소송은 3가지 점에서 의미가 있었습니다.

첫째, 선출직 공직자에 대한 법적인 책임을 인정받았습니다. 지금까지 지자체장은 잘못된 정책을 추진하더라도 정치적인 책임은 몰라도 법적인 책임은 지지 않았습니다. 선출직 공직자에게는 고도의 정책적 결단(재량권)이 있다고 보아, 사법 심사를 자제하거나 책임을 면제해 주는 경향이 강했습니다. 용인경전철 주민소송은 지자체장의 잘못된 정책이 단순한 정책적 실패가 아니라 법적으로 '중과실'임을 인정하여 손해배상 책임을 인정했다는 점에서 의미가 있습니다.

둘째, 용역기관의 변명이 통하지 않게 되었습니다. 지금까지 용역기관은 "(법적으로) 필요한 절차를 모두 거쳤다. 발주처의 요청에 따랐다. 예측은 빗나갈 수 있다."라는 변명으로 법적인 책임을 피해 왔습니다. 용인경전철 주민소송은 합리적인 근거 없이 과다하게 예측한 것에 대한 책임을 인정하여, 앞으로 용역기관의 수요예측에 신중히 처리할 것이라는 점에서 의미가 있습니다.

셋째, 최초로 실질적인 배상 판결을 받았습니다. 2006년 주민소송이 도입된 이후에 주민소송을 제기한 사례는 많이 있었지만, 민간투자 사업에서 주민들이 실질적인 배상 판결을 받아낸 것은 이번이 처음입니다. 용인시와 대형 로펌을 상대로 한 '계란으로 바위치기'였지만, 12년이라는 긴 소송 기간에도 불구하고 끈질기게 소송을 진행하여 승리하였고, 주민소송이 실효성이 있는 견제 수단이라는 것을 입증하였다는 점에서 의미가 있습니다.

그동안 함께 해주신 분들께 감사드립니다. 12년 전에 원고로 나서서 지금까지 남아 계신 8분(안홍택, 오이천, 박순애, 최연희, 김경애, 김기정, 홍의윤, 조병훈)께 감사드립니다. 대법원에서 파기 환송될 수 있도록 도와주신 김철 변호사님, 고등법원에서 중과실을 인정받을 수 있도록 도와주신 설동훈 님께도 감사드립니다. 주민소송단을 만들 때부터 함께 해주신 양해경 소장님, 소치영 전 시의원님께도 감사드립니다. 주민들의 손을 들어주신 대법원과 서울고등법원의 판사님들께도 감사드립니다.

지난 12년간 관심을 갖고 보도해 주신 언론인 여러분께도 감사드립니다. 변함없는 지지와 응원을 보내주신 용인 시민 여러분께도 감사드립니다.

감사합니다.

2025년 12월 17일

용인경전철 주민소송단

공동대표 안홍택, 현근택

4부

용인시장에 도전하다

2018

용인시장 출마 기자회견을 열다

2018년 3월 13일 오전 11시, 용인시청 브리핑룸에서 출마 기자회견을 열었습니다. 오전에 이를 마친 뒤, 오후에는 국회로 가서 출마 기자회견을 진행했습니다. 정치에 입문한 지 얼마 되지 않은 시점이고 출마 선언은 처음이라 긴장했습니다. 기자회견장에 함께할 사람이 없어 걱정했지만, 장모님과 가족들이 와주셔서 든든한 마음으로 임할 수 있었습니다.

출마선언문에서 밝혔던 문제의식은 지금도 유효합니다. 다만 기존의 '촛불 혁명으로 중앙정부를 교체하여 적폐 청산을 하는 것처럼, 이제 용인의 지방정부를 교체하여 적폐를 깨끗이 청산해야 할 때입니다'는 문장을 '빛의 혁명으로 중앙정부를 교체하여 내란을 극복하고 있는 것처럼, 이제 용인의 지방정부를 교체하여 내란 세력을 청산해야 할 때입니다'로 수정합니다.

당시 첫 번째 공약이 '용인 현청 복원 사업을 추진하고, 처인성을 자랑스러운 문화 자산으로 만들어 역사 인문 도시 용인을 창조함으로써 긍정적인 용인시의 이미지를 만들겠습니다'였습니다. 용인 현청 복원 사업 추진은 재검토가 필요하지만, 처인성을 문화 자산으로 만들어 용인을 역사 인문 도시로 만들어야 하겠다는 생각은 지금도 변함이 없습니다.

용인시장 출마 선언문

존경하는 용인 시민 여러분, 그리고 더불어민주당 당원동지 여러분!

저는 6월 13일 실시되는 지방선거에 용인시장 후보로 출마한다는 사실을 말씀드리기 위하여 이 자리에 섰습니다.

저는 지난 12년간 지방법원조차 없는 용인에서 변호사이자 지역 시민운동가로서 살아왔습니다. 서북부시민연대의 일원이기도 했으며, 수지시민연대의 공동대표로서 수지 지역의 난개발 문제를 해결하고자 노력했습니다.

또한 평화의 소녀상 설립에 처음부터 끝까지 함께했으며, 용인경전철 주민소송을 맡아 5년 동안 재판을 하며 지자체의 잘못된 정책에 대해 책임자가 손해배상의 책임을 질 수도 있다는 선례를 처음으로 만들어냈습니다. 용인포럼을 만들어 인문학 강좌를 해왔고, 7년 전 추진위를 결성해 현재 회원 1만 4천 명, 자산 2천 1백억 원 규모의 서용인새마을금고 설립을 주도하기도 했습니다.

하지만 난개발의 여파는 아직도 수습되지 못하고 있으며, 경전철에 대한 손해배상 책임을 당사자에게 전부 물리지는 못하였습니다. 경사도 완화라는 잘못된 조례가 통과될 때도 저지하는 데 한계를 실감하였고, 용인의 인프라는 여전히 부족합니다.

특히 잘못된 인허가로 극한 어려움에 처해 있는 지곡동 주민들을 돕고, 광교산 토월약수터 주변의 나무들이 쓰러져 가는 것에 눈물을 흘리던 아이들을 위로하기 위해서는 정치가 바뀌지 않으면 안 되겠다고 생각하게 되었습니다.

용인의 정권교체를 이루고 용인의 적폐를 청산하겠습니다. 정찬민 시장은 수도권 백만 도시 중에서 유일하게 자유한국당 소속입니다. 박근혜 정권의 규제 완화 정책에 호응하여 대통령상까지 받았습니다. 그 결과 난개발로 유명하던 용인은 다시 난개발로 심각한 몸살을 앓게 되었으며, 그로 인한 이익은 개발업자에게 돌아가고 피해는 주민들이 보고 있습니다.

정찬민 시장은 '채무 제로'를 최대의 업적으로 내세우지만, 향후 25년간 용인경전철에 들어가야 할 돈이 1조 7천억이 넘습니다. 매년 평균 7백억 원이 넘는 금액입니다. '채무'가 아니라 '부채'라고 변명하지만, 갚아야 할 돈인 것은 명백합니다.

경찰대 용지에 경기도청을 유치하겠다고 하였지만 이루어지지 않았습니다. 성급하게 기부채납을 받아 무계획적으로 유치를 추진하다 보니 결국 교통 문제를 해결하지 못한 상태에서 대규모 아파트가 들어설 위기에 처했습니다. 난개발과 전시성 행정은 용인의 대표적인 적폐입니다. 촛불 혁명으로 중앙정부를 교체하여 적폐청산을 하는 것처럼 이제 용인의 지방정부를 교체하여 적폐를 깨끗이 청산해야 할 때입니다.

제가 용인시장이 된다면, 첫째, 용인 현청 복원 사업을 추진하고, 처인성을 자랑스러운 문화 자산으로 만들어 역사 인문 도시 용인을 창조함으로써 긍정적인 용인시의 이미지를 구축하겠습니다.

둘째, 정찬민 시장이 완화한 경사도를 원상회복하고, 아파트 인허가를 보다 엄중하게 관리하여 난개발을 멈추고 친환경 도시를 만들겠습니다.

셋째, 용인 시민의 부담을 줄이기 위해 경전철 국산화를 추진하고 연결 방법을 달리하여 용인경전철을 활성화할 수 있도록 노력하겠습니다.

넷째, 미래 인재를 양성한다는 차원에서 교육의 질적 수준을 높이고, 보다 실질적인 교육예산 증강을 통해 교육혁신 지구를 추진하겠습니다.

다섯째, 지역 경제 활성화를 위해 대중교통을 확충하고 종합 교통 대책을 수립할 것입니다. 또한, 이렇게 개선된 교통망을 바탕으로 청년 일자리 문제를 해소할 수 있는 첨단 4차산업 단지를 조성하겠습니다.

여섯째, 구청장 개방형 공모제를 시행하겠습니다. 구청장은 퇴직 전에 잠시 거치는 자리가 되면 안 됩니다. 구의 최고 책임자로서 주민들과 가장 밀접하게 소통하는 자리가 되어야 합니다. 개방형 공모제를 한다면 구민을 위한 혁신 행정이 가능할 것입니다. 구청장 개방형 공모제의 효용성에 따라 각급 산하 단체장도 개방형 공모제를 추진하겠습니다.

저는 지난 대선에서 더불어민주당 중앙선대위 부정선거 감시 팀장을 맡았습니다. 24시간 부정선거에 대한 제보를 받고 필요한 법적 조치를 취했습니다. 문재인 후보 사법개혁 특보도 맡아 정권교체에 작은 힘이라도 보탠 것을 자랑스럽게 생각합니다.

정권교체 후에는 더불어민주당 상근부대변인을 맡았습니다. 추미애 대표님을 중심으로 한 더불어민주당의 일원이 된 것을 크나큰 영광으로 생각하고 있습니다.

존경하는 용인 시민 여러분! 그리고 더불어민주당 당원동지 여러분!

저는 1971년생으로 올해 만 46세입니다. 마크롱 프랑스 대통령은 1977년 생이고, 트뤼도 캐나다 총리는 1971년생입니다. 젊은 사람이 시장을 해야 혁신적인 정책의 기획과 집행이 가능하고, 도시도 젊어질 것입니다.

저는 지난 12년간 용인에서 활동하여 누구보다 용인의 문제점과 해결책에 대하여 잘 알고 있다고 자부합니다. 그리고 문재인 정부의 탄생에 기여했고, 더불어민주당의 지방선거 승리에도 최적화되어 있다고 생각합니다.

과연 누가 잘할 수 있는 후보인지, 누가 이길 수 있는 후보인지 냉정하게 평가해 주시기 바랍니다.

시민과 함께 용인을 혁신하겠습니다.

시민의 힘으로 용인을 바꾸겠습니다.

용인의 혁신! 현근택과 함께 해주시기 바랍니다.

감사합니다.

2018년 3월 13일

더불어민주당 용인시장 후보 현근택

예비후보로
등록하다

2018년 3월 14일 오전, 처인구 선거관리위원회에 예비후보로 등록했습니다. 용인시장 선거는 처인구 선거관리위원회에서 담당합니다.

출마 선언을 한 바로 다음 날 예비후보로 등록한 것을 보면 여유가 많았던 것으로 기억합니다. 아마도 첫 출마였기 때문에 비교적 느긋하게 생각했던 것 같습니다.

예비후보로 등록하면 선거사무실을 낼 수 있지만, 당시에는 선거사무실을 따로 얻지 않고 변호사 사무실을 사용하였습니다. 비용을 최소화하기 위한 측면도 있었고, 수지구청 옆에 있는 변호사 사무실이 현수막을 걸기에 정말 좋은 위치에 있었기 때문입니다. 지금도 당시에 걸었던 현수막이 떠오르는 것을 보면 현수막 하나는 잘 설치했다고 생각합니다.

예비후보 등록 후 메시지

오늘 선거관리위원회에 용인시장 예비후보로 등록했습니다.
혁신 용인을 위한 현근택의 도전.
이제 시작입니다.
적폐 청산과 혁신 용인에 대한 용인 시민의 열망,
현근택이 이루겠습니다.

심곡서원을
방문하다

예비후보 등록을 마치고 바로 심곡서원을 찾았습니다. 등록 후, 조광조 선생을 모신 심곡서원을 처음 방문한 이유는 조광조 선생의 개혁 정신을 본받아 용인에서 혁신을 이루겠다고 다짐하기 위해서였습니다.

심곡서원 방문 메시지

오늘 아침 예비후보 등록을 마치고 조광조 선생이 배향된 심곡서원을 찾았습니다. 조광조 선생은 우리에게 개혁가, 혁명가로 남았지만 그 앞에 꼭 '미완'이란 수식어가 붙습니다. 용인시장 예비후보로서 첫 행선지를 심곡서원으로 정한 이유입니다.

조광조 선생의 개혁 정신을 본받아 혁신을 꿈꾸겠습니다.
미완의 개혁을 이어받아 새로운 개혁을 시작하겠습니다.
젊은 정치, 깨끗한 정치, 정직한 정치.
현근택이 하겠습니다.

심곡서원 안내

심곡서원(深谷書院)은 조선 중기 도학 정치의 상징인 정암 조광조(趙光祖) 선생을 배향한 곳으로, 그 역사적·건축적 가치가 매우 높은 유적지입니다. 심곡서원은 단순한 유적지를 넘어, 매년 봄과 가을에 향사(제사)를 지내며 그 전통을 이어가고 있습니다.

1. 역사적 배경과 가치

- 건립 시기 : 1650년(효종 1년)에 창건되었습니다.
- 사액서원 : 효종이 즉위한 해에 '심곡'이라는 현판과 토지, 노비를 하사하며 사액서원이 되었습니다.
- 서원 철폐령의 생존 : 흥선대원군이 전국의 서원을 정리할 때 훼철되지 않고 존속된 전국 47개 서원(경기도 내 3곳) 중 하나입니다. 덕분에 조선 후기 서원의 원형을 잘 보존하고 있어 사적 제530호로 지정되었습니다.

2. 배향 인물 (모시는 분)

- 정암 조광조(1482~1519): 조선 중기 개혁 정치를 주도하다 기묘사화로 유배되어 사약을 받고 사사되었습니다. 도학 정치와 향약 보급에 힘썼던 사림의 영수입니다.
- 학포 양팽손(1488~1545): 조광조의 절친한 친구이자 제자로, 조광조가

사약을 받은 후 아무도 시신을 거두려 하지 않을 때 직접 시신을 수습하여 장례를 지내준 의리의 인물입니다.

3. 감상 포인트

- 수령 500년의 느티나무 : 서원 입구와 내부에 큰 느티나무들이 있습니다. 이는 조광조 선생이 직접 심었다는 전설이 내려오며 서원의 오랜 세월을 묵묵히 지켜주고 있습니다.
- 조광조 묘소 및 신도비 : 서원에서 약 500m 떨어진 곳에 조광조 선생의 묘역이 있습니다. 서원을 둘러본 후 함께 방문하면 선생의 생애를 기리기에 더 좋습니다.
- 도심 속의 고요함 : 현재는 주변이 대단지 아파트와 상가로 둘러싸여 있지만, 서원 담장 안으로 들어서는 순간 마법처럼 고요하고 아늑한 분위기를 느낄 수 있는 것이 이곳의 매력입니다.

현명하고 근사한 선택

인터뷰로
'노년의 꿈'을 말하다

2018년 3월 7일, 공소리 기자(리버럴미디어)와 인터뷰를 진행했습니다. 장소는 국회 본청, 더불어민주당 최고위원회가 열리는 자리였습니다. 출마를 전제로 한 인터뷰라, 보도는 출마 선언을 한 이후에 나간 것으로 기억합니다.

제목은 '현근택과 노년의 꿈을 말하다'였습니다. 젊은 기자들이 노년의 꿈을 주제로 잡은 것이 인상적이었습니다. 인터뷰 내용을 보면 제가 하고 싶은 말을 거의 다 담고 있습니다.

'현근택과 노년의 꿈을 말하다' 인터뷰

공소리 기자(이하 공소리) 현근택, 귤 농사지으며 자랐다는 이야기가 있던데, 실제로 유년 시절 어땠나요?

현근택 부대변인(이하 현근택) 저는 굉장히 시골 출신이에요. 어느 정도냐면, 전기가 초등 1~2학년 때 들어왔어요. 버스가 하루 3~4번 다니고, 비포장도로였어요. 강원도 산골 같은.

저는 (초등학교) 6년 내내 고무신 신고 다녔어요. 예컨대, 우리 장모님 경기도 이천 분인데, 초등학교 때 운동화 신고 다녔다고 해요. 얼마나 차이 나는지 알겠죠? 한 세대보다 더 차이 나는 더 시골 출신인데요. 그래도 주위에서 보기에는 그렇게 안 생겼다고 사람들이 이야기 많이 하더라고요.

제주도는 논농사가 없잖아요. 어릴 때는 주로 밭농사, 커서는 귤 농사짓는 집으로 2남 3녀 중 막내고요. 막내라 밭일을 덜 했지만, 그래도 많이 했어요.

이 이야기 들으면 깜짝 놀랄 텐데, 초등학교 5~6학년이 되면 밭 가는 법을 배워요. 제주도라 말로 밭을 갈아요. 경운기는 중학교 올라가면 당연히 배웠어요. 대학교 가서 농활을 가잖아요. 서울 애들은 농촌 가서 뭘 할 줄 몰라요. 그런데 제가 경운기로 밭을 쫙 갈았거든요. 난리가 났어요, 동네에서.

강한별 기자(이하 강한별) 서울대에서 왔는데, 밭을 잘 갈아!

현근택 저한테 줄을 서 있었습니다. 밭 가는 일 좀 시켜야 한다고. 그만큼 제가 시골(일거리 하며) 어릴 때부터 그렇게 자랐어요. 아마 아버님 세대 이야기보다 더 옛날얘기처럼 들릴지도 몰라요.

강한별 네. 전기 없고, 고무신 신었다는 건…

현근택 정말 지금으로 보면 '깡' 시골이라고 보면 돼요. 근데 육지로 올라와서 살다 보니 얼굴도 하얘지고 했죠.

강한별 제주도에서 살다가 대학교를 육지로 유학 간 셈이네요?

현근택 그렇죠. 시골 출신, 특히 제주도는 벗어나고 싶은 게 있어요. 초등학교 6학년 수학여행 때 제주도 일주를 해요. 중학교 때 부산 정도 가고, 고등학교 때 경주나 설악산 가는 게 그 당시 기본 (수학여행) 코스였어요. 중학교쯤 부산을 한 번 다녀오면, '마음이 흔들리죠' 그리고 제주도가 좁은 걸 알아요.

지금 생각해 보면, 12~13살 때 바닷가에 많이 갔어요. 막연히 바라봤어요. 벗어나고 싶다. 그 생각이 굉장히 강했던 거죠.

강한별 육지로 가고 싶다.

현근택 그렇죠. 그 당시 고등학교 학생이 500여 명 됐는데 반 이상이 육지로 올라갔어요. 당시 여기를 탈피하고 싶다, 이런 생각이 많이 있었어요.

강한별 대학교 때 육지로 상경했을 때 첫 소감은요?

현근택 일단 말이 안 통했어요. 제주도는 사투리가 심하잖아요. 그나마 기숙사형이 많이 도움이 됐어요. 흔히 외국에 가서 언어를 배울 때, 외국인 친구랑 자고 먹고 해야 언어가 빨리 늘잖아요. 기숙사 1년 선배가 광주 사람이었는데, 그 선배 억양을 제가 많이 닮은 것 같아요.

당시 향우회에 60명 정도 있었어요. 향우회 사람끼리 많이 다니기도 해요. 말하기 편하니까. 그런데 거기 가서 서울말 쓰면 굉장히 욕먹더라고요. 벌써 서울 물들었냐며. 그래서 거기 가서는 사투리 쓰고, 다른 데서는 서울말 쓰고 그랬죠.

공소리 13년을 미루다가 최근 치과를 간 걸로 아는데, 평소 겁이 많은가요?

현근택 겁 많아요. 아직 치료가 다 안 끝났어요. 갈 때마다 느끼는 게 치과 참 어려운 동네인 것 같아요. 왜냐하면, 경험과 관계있어요. 제가 중학교 1학년 때 처음 치과에 갔어요. 충치가 생겨서. 그전에는 가본 적이 없던 거죠. 무섭더라고요. 막 드르륵드르륵하는데….

그다음부턴 치과를 거의 10년 주기로 갔어요. 거의 썩어서 뺄 때쯤 가니까요.

공소리 저랑 비슷하네요.

현근택 우리 애들은 안 그러더라고요. 어릴 때부터 치과에 가고 교정도 하고 그러니까.

강한별 어릴 때부터 친숙하니까

공소리 학교에서 보내잖아요. 정기적으로.

강한별 구강검진 보내죠.

지방분권

공소리 SNS를 보면 지방분권 개헌에 대해 많이 말하던데, 현근택의 생각을 알려주세요.

현근택 기본적으로 지방분권은 가장 큰 부분은 뭐라고 생각해요?

공소리 내 세금을 내가 쓰는 거?

현근택 그렇죠. 맞았어요. 돈 문제. 결국은 인사와 돈 문제거든요. 인사권은 있어야 해요. 그런데 돈이 안 되는 건, (10으로 따져볼 때) 지금 세입 구조에서 나가는 돈은 지방이 6이에요. 그런데 들어오는 돈은 지방이 2 밖에 안돼요. 나가는 돈 국가 4:지방 6, 들어오는 돈 국가 8:지방 2.

그러면 지방이 부족한 돈은 어떻게 하느냐? 국가에 달라고 해야죠. 핵심이 수입구조에 맞게 나가는 돈이 6이면 최소한 국가 7:지방 3, 국가 6:지방 4, 국가 5:지방 5로 점차 늘려가야 되는 거죠.

지금은 어떤 시기냐 하면 이걸 국세에 약간 붙여서 예를 들어, 법인세에 지방세를 10%씩 약간 붙여서 내는 식이기 때문에 국세가 줄지는 않아요.

세금 자체를 국세에서 지방세화하는 방법밖에 없어요. 왜냐하면, 지방세를 추가로 내면 증세가 되잖아요. 증세가 되면 시민들이 힘들어하고요. 그래서 결국, 국세를 지방세로 전환하는 방법밖에 없는데, 그게 쉽지가 않아요. 쉽게 말하면, 우리가 세무서에 내는 건 국세고, 구청·시청에 내는 건 지방세예요. 큰돈은 거의 다 국세죠. 법인세, 소득세 등이죠. 지방세는 자잘해요. 자동차세, 재산세, 면허세 등이에요.

핵심은 지방재정을 자립해야 하는 거죠. 지방 스스로 노력도 있지만, 국가가 가진 조세 재정권을 나눠줘야 하죠.

처인성, 용인 역사·인문 살리기

공소리 돈 이야기를 벗어나서 또 중요한 것에 관해 이야기해 주세요.

현근택 일단은 경제적으로 자립해야죠. 다들 부모님에게 의존해서 살잖아요. 뭘 의존해요?

강한별 집이죠.

현근택 집. 결국 돈이에요. 경제적 자립이 가장 중요하다고 보고요. 그다음은 지역마다 특색이 있어요. 지역의 고유한 문화와 특색을 살려야 해요. 예컨대, 수원시는 화성과 정조를 살려서 스토리화를 잘했어요. 다른 지역은 그렇지 않아요. 우리 용인만 해도 '용인의 특성'은 없어요. 기업이 운영하는 그런 것들 말고요. 끊임없이 스토리화되는 특색이 아직 없어요.

저는 그런 용인의 스토리를 만들고 싶어요. 생각해 둔 소재가 있어요. 용인에 처인성이 있어요. 우리가 몽골 침입에서 승전한 적이 많지 않아요. 2차 침입 때 김윤후 장군(승려)이 처인성에서 살리타이를 쏴서 죽였죠.

임진왜란, 병자호란, 몽골 침입 등 거의 패배의 역사이죠. 그런데 우리가 기억하는 승리의 역사가 처인성에 있어요. 그런 승전의 스토리가 용인 처인성에 있어요. 저는 이 이야기가 책, 영화, 드라마로 나왔으면 좋겠어요.

또 현재 역사 속 용인에 현청이 있는 곳에 성이 존재했는지 찾아보고 있어요. 성이 있었다면 복원하려고요. 성이 있고 그 안에 현청이 있고 향교가 있다면 지역의 토대가 되는 것이 있을 텐데, 용인의 뿌리를 찾아보고 싶어요.

공소리 현근택의 처인성 살리기 프로젝트 기대합니다.

용인경전철 주민소송단 공동대표

강한별 지난 2013년 4월부터 용인경전철 주민소송단 공동대표로 활약했죠. 변호사로서 용인시의 한 사람으로서 5년여간 활동에 대해 알려주세요.

현근택 용인하면 아마 사람들이 1번은 난개발, 2번째는 경전철 세금 먹는 하마⋯⋯. 3번은 좋은 용인. 용인에 묘가 많습니다.

공소리 자연재해가 별로 없는 곳이다 보니?

현근택 가까운 수도권이라서 그런지 못자리로 좋은 곳으로 알려져 있어요. 현재 살기 좋은 곳보다 나중에 죽어서 가기 좋은 곳. 난개발과 경전철에 이어 좋은 못자리가 긍정적인 이미지는 아니에요.

제가 정치를 생각하게 된 계기가 바로 용인 경전철 때문이었어요. 주민소송 하면서 시장, 공무원들 불러서 얘기하고 했죠. 이게(경전철) 1조 원짜리 프로젝트임에도 불구하고 '생각보다 참 허술하다'라고 느꼈죠. 공무원들이 계약서를 검토하고, 프로젝트를 진행하는 **수준**이 이쉬움이 많았어요. 조

단위 프로젝트인데 이렇게 허술할 수 있나.

그 당시에 다 물어봤어요. "이 계약서에 이런 조항이 있는지 아셨어요?"라고 물으면 시장은 실무자가 하는 거라 '모른다'라는 대답이 오고 그러면 국장이나 담당자 불러다 물으면 '그 당시 로펌에서 검토한 거다'라고 답하고.

경전철 문제를 한마디로 말하면, 외국회사에서 의뢰해서 조언해 주는 주요 로펌들이 있는데 그분들한테 완벽하게 당한 거예요. 당한 사람들은 당한지 모르고 있다가 나중에 안 거죠.

변호사다 보니 경전철 문제에 관한 생각은 도시 규모에 맞게 전문적으로 다가갈 필요가 있다고 봐요. 박원순 서울시장과 이재명 성남시장 등 변호사 출신인데, 지방행정 잘하잖아요.

저도 법과 원칙적인 기준으로 지방행정을 잘해야겠다, 일이 다 벌어진 다음에 해결(재판)하려는 건 의미가 없어요. 돈 다 나가고 일이 벌어진 다음에는 의미가 없어요. 그래서 제가 직접 뛰어들어서 해봐야겠다고 생각하는 계기가 됐어요.

강한별 현근택에게 용인이란?

현근택 제가 용인에 변호사로 2006년에 왔어요. 13년 정도 되는데요. 처음 4~5년은 변호사로서 활동했어요. 그러면서 시민운동 하는 분들을 계속 만나다 보니까, 지역 특성은 강한데 지역에서 나서는 사람이 없다고 느꼈어요. 그래서 온 지 5년 정도부터, 경전철 소송 직전이죠. 그때 '수지시민연대'가 있었어요. 수지 난개발 문제가 나올 때 수지시민연대 사무국장 맡으면서 난개발 문제에 본격적으로 관심을 끌게 됐죠. 그러면서 용인 지역의 시민연대·시민단체에 관여하게 됐어요. 변호사로서 참관하다가 시민단체 일원으로 말이죠. 용인에서 경전철 주문 소송뿐만 아니라 '소녀상' 만들 때도 제가 관여하게 됐고요.

용인에 세워진 소녀상

공소리 소녀상이 시민단체가 투자한 거로 알고 있어요.

현근택 맞아요. 그런데 정찬민 시장님이 밥숟가락 얹었어요. 소녀상을 만든 비용도 나중에 줬어요. 시민단체에서 그 돈을 받을까, 말까에 대해 투표를 했어요. 저는 절대 반대했는데, 1표 차이로 돈을 받는 걸로 됐어요.

강한별 그런 사연 때문에 시민단체 모금한 사람들의 이름이 소녀상 바닥에 적히지 못한 건가요?

현근택 용인은 수지, 기흥, 처인 지역이 떨어져 있어요. 그래서 어디에다가 소녀상을 지을지 협의하는 도중에, 정찬민 시장이 그런 고민하는 사정을 알았는지 몰랐는지 '시청에 세워라'고 한 거죠. (시청에 소녀상을 세우는 게) 우리의 예정에도 있었지만, 어찌 보면 정찬민 시장이 시청에 소녀상을 세우라고 한 의도가 얄밉긴 하죠.

소녀상에 대해 홍보하는 모습 등을 보면 말이죠. 그다음 무상교복·무상급식 이런 걸 시행하고 홍보하고. 시청에 크게 걸어둔 홍보물 등도 파란색으로 붙여놓고 해서 '파란색으로 넘어오려나?' 생각했어요(웃음).

소녀상 오픈식 하면 시에서 오픈식 하면서 인사말도 시키고 그럴 줄 알았는데, 인사말도 안 시켰거든요. 그때 인사말이랑 치적으로 내세우고 싶있을 텐데, 치적으로 내세울 기회를 안 준 거죠. 그다음부턴 삐져서 그런 거 같은데요. 만약에 시장님 보시면 그냥 해주세요(시민단체 아름 각인). 그렇게 속 좁게 나오면 시민들 모를 거 같아도 다 압니다.

용인시장 출마

강한별 용인시장 출마하는 이유가 무엇이죠?

현근택 용인에서 10여 년 이상 변호사 활동해 왔고, 그러면서 시민단체 일도 했고요. 그러면서 느낀 건, 시민단체 활동 등으론 바꿀 수가 없어요. 한계가 있어요. 그리고 소송 이런 건 사후적인 거고요. 사전적으로 뭔가를 만들어 내는 게 중요하죠. 그러려면 방법은 정치밖에 없어요.

제가 주민소송 하면서 정치를 해야겠다고 생각했고요. 그리고 지역에서만 하면 안 되거든요. 당에도 들어와야겠다, 당에 2016년에 들어와서 역할을 맡고 있어요.

지방정부가 경기도에 백만 인구 도시 네 군데 중에 수원, 고양, 용인, 성남인데요, 그중에 자유한국당이 지자체장 차지한 곳이 여기 용인밖에 없어요. 지방정부 교체해야 합니다.

교체라는 게 사람을 바꾸는 것도 있지만, 그전에 민주당다운 민주당 정부를 용인에서 만든 적이 없어요. 그래서 용인에 제대로 된 민주당 지방정부를 수립해야겠다는 생각입니다.

공소리 온라인 당원(권리 당원)에 대해 어떻게 생각하세요?

현근택 온라인 당원이 매우 많잖아요. 우리 당의 기본적인 지지기반이고,

지난번 전당대회, 그리고 대선 치르면서 더 많이 들어왔잖아요. 이분들이 굉장히 당에 대한 애정도 많아요. 지금은 변화되는 과정으로 봐요. 그전에는 나이 드신 분들, 호남권 분들이 당의 주축이었는데 지금 백만 당원 되면서 변화되는 부분들이 있죠.

공소리 인터넷 당원들에게 인기가 많아서 질문했습니다.

현근택 당원들의 자발성, 스스로 판단하잖아요. 제가 하는 워딩이나 제가 당에 기여하는 부분을 보시면서 '당을 위해 일한다, 당원과 소통하려 한다'라고 보시는 것 같아요. 저는 가능하면 싫은 소리 하는 분도 차단 안 하고 답변해요. 답변하려고 노력하고요.

방송 나간 지 얼마 안 됐는데, 방송 보고서 비난하는 분도 있더라고요. 그런 거 포함해서 여러 가지 조언을 들으면 그분들 덕에 용기를 많이 내요. 이제 방송에서 당원을 생각하며 반박도 하고 더 생각하면서 하려고 해요.

강한별 정말 필요한 쓴소리를 들었네요.

현근택 네 그렇죠.

공소리 더민주 예비 후보군이 쟁쟁한데요. 현재 선대인·백군기·오세영 등과 경선을 치를 텐데, 더민주 경선 어떻게 전망하세요?

현근택 제가 이길 거라고 봅니다. 일단 당원들이, 온라인 당원들이 저에 대한 호감도가 높다고 생각해요.

백군기 장군도 훌륭하세요. 4성 장군이고, 국회의원도 하셨고 그런데 지역의 경우는 아니에요. 연세도 좀 드셨죠. 아직 스스로 SNS를 하시진 않는 것 같아요.

선대인 소장님은 말 안 해도 아실 것 같아요. 워낙 유명하신 분이고 부동산 전문가이고요. 우리 용인이 부동산 한계에 있는데요. 오르면 제일 늦게 오르고, 떨어지면 제일 빨리 떨어지는 곳이거든요. 광교 생기면서 오히려 더 떨어졌는데요. 선 소장님은 말을 안 해도 사람들이 부동산 폭락으로 워낙 유명하게 아니까요. 당원들에 대해서 어떤지는 제가 말할 건 없고요.

공소리 이미 다 '디스'하신 거 아니에요?

현근택 오세영 도의원님은 유일하게 용인 출신이세요. 도의원도 두 번 하시고, 친밀감이 있으신데, 지명도·인지도 면에선 조금 아쉽고요. 물론 저도 인지도는 선대인·백군기에게 미치지 못하죠.

저도 용인 출신은 아닌데요. 정치 경력도 짧고요. 세 분을 비교했을 때 저도 마찬가지고, 솔직히 말하면 아주 막강한 사람은 없어요. 오세영처럼 지역의원을 하고, 백군기처럼 국회의원을 하고, 선대인처럼 전국적으로 아주 유명하고, 저처럼 중앙 당내에 들어와서 활동하고…….

강한별 다 한 사람이 갖추고 있다면…….

현근택 네. 그럼, 아주 좋아요.

더민주 후보들을 다 모아둔 한 명이 되면 당연히 승산이 있죠. 그렇지 않으면 정찬민 현 시장에게 맞서기가 만만치는 않아요.

공소리 그럼 아름다운 경선과 전략적 공천 중 무엇이 좋다고 생각하나요?

현근택 경선이 가장 좋죠. 경선에서 경쟁력을 검증받을 수 있어요.

공소리 지난번에 오세영 도의원이 출마 기자회견에서 현근택 등 후보로 거론되는 인물 중 가장 자신 있는 것은 '잘생김'이라고 답했는데요. 현근택과

오세영, 혹은 선대인·백군기 중에 누가 제일 잘생겼다고 생각하나요? '얼평'
1위는?

현근택 백군기 위원장도 머리 염색하고 젊은 이미지로 가고 있고요. 오세
영 의원님도 젊으시고, 나름 그렇겠지만……. 저는 잘 모르겠고요. 시민들
이 판단해 주실 거로 생각해요.

'노년의 꿈'에 대해 토크쇼

강한별 공 기자는 꿈꾸는 노년기의 모습이 있나요?

공소리 저는 그림 그리는 할머니가 되고 싶어요. 그리고 어린이·청소년들
과 함께 교육·문화 프로그램을 진행하고 싶어요. 그게 봉사 활동이든, 일이
든 말이죠. 교과서적인 얘기가 아니라 항상 젊은 친구들과 함께하고 어울
리고 싶거든요.

현근택의 노년기 꿈은 어떤 모습인가요? 또다시 시민단체 활동을?

현근택 에이, 아니에요. 저는 시골에서 농사짓는 집안에서 태어났고.

공소리 농사를 생각하는 건가요?

현근택 농사짓고 싶죠.

공소리 제주도 가서 펜션 사업하는 거 아니에요?

강한별 게스트 하우스나.

현근택 그럴 수도 있겠는데요. 그게 생업 수단이 될 수 있겠지만, 저는 어릴
때부터 농사짓고 살아서 재미있어요. 게스트 하우스 할 수도 있는 거죠. 사
람들 놀러 오면 맛있는 거 해주고 그러고 싶은데, 솔직히 요리에 능력이 없

어요. 나이 들면 요리도 배우고 농사도 지으면서 지인들 찾아오면 요리도 해주고 대화도 하고 그렇게 살고 싶어요.

공소리 제주도분들한테 얘길 들으면 인어공주가 생각나는 게, 고향으로 다시 회귀하려는 본능 같다고 할까요?

현근택 네. 섬이 그게 강해요. 제주도 문화에서 아들에게 육지 며느리를 안 얻으려고 해요. 다시 섬으로 안 돌아온다고요. 그런데 우리 어머니는 며느리 두 명 다 육지 사람 얻었어요.

향우회 분들 보고 그러면 제주도 사람 만난 경우 많아요. 그게 부모님들이 원하는 바람이기도 해요. 저는 그게 나쁘지 않다고 보는 게 그래야 제주도 인구가 유지가 돼요.

수원 같은 경우가 시민단체가 서울 등 나가서 활동하다가 회귀하는 거예요. 고향에 와서 시의원·도의원 등 하고 그러잖아요? 가까워서 그게 되는데요.

제주도도 비슷해요. 회귀해야 지역이 발전하고 기본적인 네트워크를 육지에서 구축해 놓고 내려오고 선순환 구조로 가는 거죠.

공소리 네. 연어나 인어처럼.

그럼, 강 기자 꿈을 빼놓을 수 없죠. 강 할머니는 어떤 모습일까요?

강한별 강 할머니 하니까 보쌈집이라도 차려야 할 거 같은데요. 노년기 꿈이라기보다, 혼자서도 잘 살 수 있는 노인이 되고 싶어요.

현근택 벌써부터 혼자 살려고 그래요?

강한별 혼자 산다는 게 아니라, 혼자서도 잘 살 수 있는 노인이요. 그렇게 나이 들고 싶은데, 그러다 보니 건강이 걱정돼요. 요즘에는 유병장수 시대잖아요.

현근택 집에 아픈 분들이 있어요?

강한별 아뇨. 그렇진 않아요.

공소리 건강해야 누군가의 케어를 받지 않고 혼자서도 잘 살 수 있으니까?

강한별 혼자서도 잘 살 수 있다는 게, 정신적인 것, 물질적인 것, 생활양식 등 여러 가지를 말하는 건데요. 그러려면 우선 건강해야 하잖아요.

현근택 궁금한 게 있어요. 젊은 분들 미디어인데, 왜 노후에 관해 이야기하는 거죠?

공소리 우리도 노후를 생각할 때 막연해요. '내가 노후 대비를 언제부터 할 수 있을까? 할 수는 있을까?', 이런 생각이 들어요. 왜냐하면, 수명이 길어졌잖아요. 또, 우리나라가 현재 자살률 1위 국가잖아요.

현근택 노인 자살률·전체 자살률도 1위죠.

강한별 빈곤층 노인 자살률도 1위예요.

공소리 저는 삶이 허락하는 한, 최대한 노력해서 삶을 이루어가야 한다고 생각해요. 그러다 보니 내가 아무리 아프다고 해도, 과학기술이 너무 발달해서 암을 낫게 하고, 몸을 낫게 하고 내가 괴로워 죽겠지만 계속 살아갈 거란 말이죠. 그러니까 노후에 대해 고민하게 되죠.

현근택 몇 살까지 살고 싶어요?

공소리 저는 건강하게 짧고 굵게 갔으면 좋겠어요. 흰머리가 풍성할 때까지?

현근택 100살 정도요? 할머니·할아버지 보면 알 거 아니에요. 유전적으로 예측이 되잖아요.

공소리 부모님보다는 먼저 죽지는 않았으면 좋겠어요.

현근택 아휴. 그건 당연하죠. 집안이 장수하는 편인가요?

공소리 네, 그런 편이에요.

현근택 강 기자는 어떤가요?

강한별 몇 살까지 살고 싶다, 이런 건 없어요.

현근택 집안 보면 유전적인 수명을 예측할 수 있잖아요.

강한별 강씨 집안 여자들은 오래 살더라고요.

현근택 다행이네요. 다들 오래 살아서요.

공소리 저는 '노년기' 떠오르는 키워드가 노후 자금, 졸혼, 고독사 등 다소 부정적인 키워드가 생각이 나요.

강한별 노후하면 이 말이 떠올라요. 여자는 나이 들어서 필요한 게 세 가지 래요. '돈, 사우나, 딸' 그리고 남자는 '부인, 와이프, 애들 엄마'라는 말이 있더라고요. 혹시 현 부대변인은 노후 준비 잘하고 계시나요?

현근택 저는 잘하고 있습니다. 저는 딸이 두 명이에요. 여복이 많습니다. 2남 3녀 중 막내이고요, 우리 집에 여자 셋이 있습니다. 부인과 딸 둘이 있어요.

공소리 그러면 결혼 전에 사모님이 고민 많이 했겠어요?

현근택 왜요?

공소리 누나들이 많아서요.

현근택 시골 누나들이다 보니 그렇지 않았어요.

강한별 또 생각이 다를 수 있어요.

현근택 우리 부인이 나이는 더 어리지만, 제가 누나처럼 대해요. 제가 결혼하면서 다짐했어요. 문 안에 들어가는 순간은 우리 집의 왕은 마나님이다. 무조건 따르는 게 가정의 평화와 노후를 위해 좋다고 봐요.

노후 대비가 돈도 중요하지만, 결혼하고 자식을 낳고 그런 순환도 중요하죠. 꼰대 같은 말일 수도 있지만 평범하게 사는 것도 정신건강에 좋아요. 노후 대비 가장 좋아요.

육체 노화

강한별 상당히 동안이에요.

현근택 신경 많이 쓰고 있어요. 머리 염색도 하고요. 눈썹 문신도 했어요.

공소리 눈썹 문신을 진하게, 두껍게 했네요?

현근택 이건 두 번째 터치 받은 거라서 아직 안 가라앉았어요.

공소리 리터치요?

현근택 아하, 리터치. 전문용어 아시네요. 사실 점도 빼고 싶어요. 그런데 선거 때문에 시간이 안 되네요. 그래도 곧 뺄 거예요.

공소리 원래 일부러 선거 때 빼는 거잖아요.

강한별 주목받으려고 빼죠.

현근택 아하. 그래요? 그런데 방송에 일주일에 두세 번 나가는데, 얼굴에 점 딱지 붙이고 나갈 순 없잖아요.

공소리 일부러 그걸 노리는 거죠.

현근택 아, 진짜로요? 당장 해야겠네요?

공소리 그래야 임팩트가 있죠. 더 보잖아요. '저 사람 뭔데 얼굴에 어쩌고저 쩌고' 하니까요.

현근택 아하. 그럼, 바로 빼겠습니다. 아주 중요한 얘길 하셨네요.

공소리 선거철에 정치인들이 그렇게 피부과·성형외과를 찾는다는데, 혼자서 몰랐네요.

현근택 선거 때문에 미뤄둔 임플란트도 얼른 하려고 치과도 찾았던 거였어요. 이제 점까지 빼면 완벽하죠.

'셀프 디스'

현근택 제 목소리가 코맹맹이 소리예요. 가볍고 빨라요. 방송 나갈 때마다 그 지적 많이 받아요. 이걸 훈련해야 하는데 지금 기회가 별로 없어요. 어디 가서 코치받아야 할까? 아는 데 있으면 알려주세요.

공소리 제일 쉽게 혼자서 연습할 때는 홈쇼핑을 보면서 쇼호스트를 참고하라고 하더라고요.

강한별 그런데 쇼호스트들 말이 되게 빠르잖아요.

공소리 그 사람들 발음과 강약 조절 이런 것들이 굉장히 효과적이라고 하더라고요.

현근택 너무 티 나지 않아요? 평소 말투로는 과장스럽지 않나요?

공소리 그건 내가 아무리 타인을 따라 해도 똑같을 순 없잖아요. 참고하기 좋은 정보가 된다, 정도이죠.

현근택 김대중 대통령도 연설을 잘하셨지만, 막상 연설 전에는 거울을 보면서 연습을 많이 했데요. 표정과 말투 이런 것들을요. 정치 경륜이 어마어마한 분들도 그러하신데, 저는 더 노력해야겠어요.

강한별 혹시 안경 몇 개 사용하세요?

현근택 지금 쓰는 건 한 개밖에 없어요.

강한별 돋보기 안 쓰세요?

현근택 돋보기 아직 안 쓰죠.

강한별 아직?

현근택 가까운 거 볼 때는 벗는데요. 돋보기 쓸 나이는 아니고요. 제가 원래…. 이 얘기 들으면 깜짝 놀랄 거예요.

강한별 깜짝 놀랄 게 많네요.

현근택 네, 많아요.

공소리 모든 게스트가 가장 많이 하는 말이죠.

현근택 그래요? 우리 어릴 때는 안경 쓰고 싶어서 일부러 앞에서 가까이 막 보고 그랬어요.

강한별 그건 다 그래요.

공소리 그건 우리 때도 다 그런 거고요.

현근택 시골 애들은 안경 쓴 사람이 아무도 없어요.

공소리 공부 많이 했다고 자랑하는 거예요?

현근택 아니, 그게 아니고요. 어느 날 갑자기 눈이 잘 안 보이더라고요. 세상에 이런 일이 있나, 싶었어요.

공소리 세상에 이런 일이! 공부를 많이 했으니까요.

현근택 그건 아닌데요. 나중에 고시 공부할 때 안경을 썼긴 해요.

공소리 그러니까요. 공부 많이 했다는 거죠(집요). 다른 부분 노화가 진행되는 체력, 피부, 감성이라든가 이런 부분에 느껴지는 게 있나요?

강한별 갱년기 변화 느끼나요?

현근택 아직 갱년기는…. 아닌 것 같아요.

공소리 역시 부인할 줄 알았어요.

현근택 사실 우리 집사람이 한의사예요. 아침마다 공진단 하나씩 줘요. 운동은 따로 안 하는데, 큰 힘이 되죠. 아직 저는 늙었다고 생각 안 해봤어요. 한 번도. 사십 대 후반이기는 한데, 여의도(국회) 와서 보니까 제일 어려요. 막내 중의 막내예요.

젊게 사는 비결

현근택 사람은 끊임없이 노력해야 해요. 새로운 걸 도전해야 해요. 저는 그런 걸 좋아하는 편이에요. 정치도 새로운 도전이고, 공부도 다시 하고, 다른 도전해 볼 분야가 생기면 또 해볼 거예요. 그래야 사람이 젊어져요. 안 하던 걸 해봐야…….

강한별 진짜 맞는 말인데요. 나이 들면 시간이 빨리 간다고 하잖아요. 새로운 게 없어서요.

현근택 그렇죠. 새로운 게 없어서. 자꾸 새로운 일을 하면 돼요.

강한별 새로운 것 도전!

현근택 공부도 하시고, 젊게 살 수 있게요.

노년기, 부정적인 키워드 떠오르는 현실

공소리 그런데 아까 제가 부정적인 키워드가 떠오른다고 말했죠. 현 부대 변인이 우리에게 "왜 젊은 분들이 노년기에 관해 이야기하느냐?"라고 물었는데요.

저는 우선 한국 자살률 1위, 이 이야기를 먼저 하고 싶어요. 압도적으로 1위고, 그리고 빈곤층 노인 자살률도 압도적으로 1위예요. 그런데 지금 청년들을 봤을 때 외롭게 혼자 살다가 독거노인이 되고 고독사하게 될 수 있어요. 왜냐하면, N포 세대이니까요.

10대를 견뎌서, 20대를 견디고, 30대를 견디고 7~80대가 되는 거조차 힘든 삶이란 거죠.

결국 우리가 노년에 대해서 말 그대로 꿈을 꿀 수밖에 없는 거예요. 꿈을 안꾸면 없는 거예요. 노년이 자연스럽게 오는 게 아니라 꿈을 꾸지 않으면 안올 수도, 못 올 수도 있는 미래인 거죠.

현근택 그런 이야기를 들으니까, 마음이 아주 아프고, 책임감도 많이 느낍니다.

'10대를 견디다'라는 표현이요, 참⋯⋯. 10대를 즐기는 거도 아니고.

제 세대는 그냥 살았거든요. 가라면 가고, 오라면 오고. 하라면 하고. 정보도 없고 잘 모르니까. 그걸 견디는 거라고까지 생각하지는 않았어요. 그냥 간다, 정도로 생각했는데요.

제가 진단하자면 일자리 문제라고 봐요.

공소리 네.

현근택 일자리가 있어야 결혼도 하고, 결혼하려면 집도 필요하고 여러 가지 어려움이 있는데요. 지금 부모 세대의 지원이 쉽지 않고요.

일자리 창출이라는 문제잖아요. 기업은 새로운 분야에 투자해야 하는데 잘 안되고, 지역 공공기관도 한계가 있고요. '욜로'를 원하는 마음은 저도 이해해요. 기업(노동)이라는 게 만만치 않거든요.

성남시 등에서 생활임금 이야기도 나오고 기본 생활비 등 이야기도 나오는데 저는 그 방향으로 가야 한다고 봐요. 많은 돈은 아니겠지만, 청년에게 배당 형태가 됐든 어떤 형태든 기본적인 생활을 보장해 주는 것이 필요하죠. 인위적으로 만지지 않으면 안 되는, 해결이 안 되는 상황인 것 같아요.

기초생활비 수준이라도 지급하면서 다른 무언가의 지원이 이어져야지, 지금 대부분 취업·창업센터 같은 데 보면 와서 상담받고 취업·창업해라, 이게 끝이에요.

공소리 피부에 닿는 정책이어야죠.

현근택 네. 가능하면 모든 청년에게 돈과 일자리를 지원하도록 가야죠.

결국 국가에서 해결해야 할 문제예요. 그럼 돈 문제인데, 돈이 없는 사람한테 돈을 내라고 한다고 없는데 얼마나 내겠어요. 더 재산이 있는 분들이 더 낼 수밖에 없죠. 기업 등 재산이 있는 분들이 세금을 더 내고, 그 세금이 청년들에게 일자리든 수당이든 혜택이 가는 방식으로 가야지, 그러지 않으면 이 구조는……

강한별 한국에서 잘 견디면 암, 못 견디면 자살. 이런 말이 있어요.

현근택 청년들이 암, 자살 그런 걸 생각한다는 게 참 우울하네요.

강한별 암울하죠.

현근택 네. 우울한 게 아니라 암울하네요. 사용하는 언어는 내재한 말이 나오는 거잖아요. 자살 이야기는 많이 접하지만, 그래도 그런 이야기들이 낯설지 않다는 게 참 충격적이네요.

공소리 충격이 아니에요. 현실이에요. 얼마 전 친구가 암… 그리고 암으로 사람을 잃는 것, 그런 것들은 현실이에요.

또한 유병장수 시대에 아프지 않고 오래 사는 건 힘들죠. 그런 걸 생각할 때, 노년기 걱정은 사실 우리의 현실인 거예요.

현근택 맞아요. 그런데 저는 그런 생각을 해요. 사람이 마음속에 계속 되뇌다 보면 실현되는 경우도 있잖아요.

공소리 말이 씨가 된다는 말처럼.

현근택 네. 말이 씨가 된다. 그게 완전히 틀린 말은 아니에요.

공소리 맞아요.

현근택 청년 비례 등 청년이 정치할 기회를 계속 늘려가야지 그래야 세상이 바뀔 거라고 봐요.

공소리 노년을 꿈꿀 수 있는 사회적 기반이 필요한데, 지금도 실버복지가 명쾌하게 이루어지고 있지 않아서 앞으로 우리의 실버 시대는 더 불안하다고 느껴요. 우리가 노년기쯤에는 세금을 낼 청년이 없어서 지금보다 미래 실버복지가 더 막연하다고 생각해요.

현근택 해결책은 우리가 찾아야 하는 거죠.

우리나라가 기본적으로 결혼·출산·육아·교육·노후 자금 모두 개인에게 맡겨져 있어요. 우리나라는 완전한 복지국가가 아니에요.

공소리 그렇죠. 국민연금 내면 바보라고 해요.

현근택 기본적으로 복지 구조가 상당히 취약한 거죠. 굳이 유럽을 예로 들지 않아도, 가까운 일본 등을 봐도요. 우리나라는 각자도생해야 하잖아요. 적자생존. 각자도생. 딱 그런 케이스죠.

그렇지만 이 공동체를 어떻게든 살려야 하죠. 공동체를 살리려면 돈을 내야 해요.

예컨대 모임 회비를 걷으면 잘 참여해요. 낸 돈이 있으니까요. 그러니까 세금을 많이 내면 정책에 관심을 두고, 참여의식이 생기고, 공동체가 형성돼요. 기본적으로 세무 구조를 바꾸는 게 복지국가로 가는 데에 중요해요.

공소리 맞아요. 공감해요. 저는 소득에 비해 (간접) 세금 많이 내는 사람 중 하나라고 생각하는데요. 그러다 보니 이것저것 세금이 제대로 안 쓰이고 문제 있는 부분 보면 열 받아요. 내 세금이 저렇게 쓰이나, 그런 관심과 또 연대의, 옆에서 같이 목소리 내는 사람들이 있어야 해요. 그리고 돈이 정말 중요한 건 맞아요. 돈 없으면 제 꿈인 그림 그리는 할머니가 될 수 없고, 젊은이들과 함께하기도 힘들고요.

즉, 젊어도 나이 들어도 꿈을 실현하고파요. 행복을 진지하게 고민하는 것이 노년의 꿈이다, 라고 생각합니다.

궁극적으로 오늘 토크쇼 주제인 '노년의 꿈'이라는 건, '내가 어떻게 행복하게 살 수 있는가'에 대한 궁극적인 고민을 하는 게 바람직하지 않을까 싶어요. 돈을 떠나서 행복을 찾아야 한다. 어차피 돈이 없어서 돈으로는 다 찾을 수도 없거든요.

강 기자 공 기자 인터쇼, 게스트 공식 질문입니다. 현근택 왜 살죠?

현근택 굉장히 어려운 질문이네요.

주어진 삶이라 생각하고요. 무엇을 해야 하는가, 사는 목적, 사는 이유를 생각해 봐요.

제게는 자녀들, 부인, 부모님, 형제들이 있고요. 사람들 때문에 산다고 봐요. 혼자서는 절대 못살 것 같아요. 인간관계에서 주변 사람과 소통하고 대화하고 나누며 사는 것, 그러니까 사람과 관계 덕분에 살아요.

공소리 그럼 현근택은 사람과 더불어 사랑하기 때문에 산다?

현근택 네. 말보다 해석이 더 좋습니다.

공소리 우선 뜻이 워낙 좋으니까요.

방송을 통해
용인시장 후보의 포부를 밝히다

2018년 3월 16일 오전 7시 30분, 경기방송(FM 99.9MHz)『굿모닝 코리아』에서 인터뷰를 했습니다. 출마 선언을 하고 처음으로 한 인터뷰였습니다. 이후에도 방송 인터뷰를 몇 번 했지만, 출마 선언 직후에 한 인터뷰라 당시의 문제의식을 잘 볼 수 있습니다. 인터뷰는 주혜경 아나운서가 '현근택 변호사, 용인시를 위한 최적화된 후보라 자부한다'라는 제목으로 진행했습니다.

그 이후 경기방송사에 많은 어려움이 있었고, 현재는 OBS에 편입되었습니다. 경기방송에 있던 분들이 다들 잘 지내시는지, 어디로 가셨을지 마음이 쓰입니다.

'현근택 변호사, 용인시를 위한 최적화된 후보라 자부한다' 인터뷰

○ 요약

■ 현 용인 시정, 공과 과를 3대 7 정도로 평가

■ 변호사 및 시민운동가로 활동, 정권 교체 기여로 최적화된 후보라 자부

■ 진정한 자치분권에서 가장 중요한 부분은 예산 확보

■ 주요 정책으로 구청장 개방형 공모제 시행, 역사 인문 도시 창조, 교육혁신 지구를 추진

다가올 6월 13일 지방선거, 용인시장 선거에 출마하는 현근택 변호사에게 출마의 변을 듣고 용인시 현안에 관해 이야기 나누는 시간.

주혜경 아나운서 (이하 '주') 6월 지방선거를 앞두고 경기도 유권자 여러분에게 선택의 정보와 도움을 드리기 위해 마련한 시간입니다. 오늘은 용인시장에 출마 선언한 현근택 변호사를 만나보겠습니다. 안녕하세요.

현근택 변호사(이하 '현') 네, 안녕하세요. 용인시장 예비후보 현근택입니다.

주 저희가 공통 질문 먼저 드립니다. 답변은 1분 내로 부탁드리겠습니다. 첫 번째 질문으로 정찬민 현 용인시장의 시정에 대한 평가 부탁드립니다.

현 지자체장은 공과 과가 있기 마련인데요, 저는 민주당의 보편적 복지에 해당하는 무상교복 정책을 펼친 것은 잘했다고 생각합니다. 그런데 규제

완화 정책을 추진하면서 용인시는 박근혜 정부 시절 대통령상까지 받았는데요, 경사 도로를 완화해서 난개발을 조장한 부분, 그리고 되지도 않을 경찰대 부지에 경기도청을 유치한다든지, 경전철에 대한 부채가 25년간 1조 8천억 원이 남아 있는데, 그럼에도 '채무 제로'를 선언했다든지, 이런 부분들은 잘못되었다고 봅니다. 전체적으로 공과 과를 평가하면 3:7 정도로 평가합니다.

주 현근택 변호사께서 왜 용인시장이 되어야 하는지, 출마의 변이 궁금합니다.

현 저는 용인에서 12년간 변호사 및 시민운동가로 활동해 왔습니다. 수지 시민연대 공동대표를 맡으면서 용인 지역 난개발 문제 해결을 위해 노력해 왔고요, 그리고 어찌 보면 정치를 하게 된 가장 큰 이유가 경전철 주민소송을 맡으면서 경전철 문제의 심각성을 인지했고, 사후적으로 재판을 통해서 해결하는 데 한계가 있다는 것을 절감했습니다. 지난 대선 기간엔 중앙선대위 부정선거 감시 팀장을 맡으면서 24시간 부정선거 감시를 위해서 노력했고요, 문재인 개혁 사법 특보도 맡아서 정권 교체에 기여했다고 자부합니다. 그리고 정권 교체 후에는 민주당 상근 부대변인을 맡아서 민주당 활동에도 기여하고 있습니다. 지역과 중앙에서 나름대로 활동해 왔기 때문에 최적화된 후보라고 자부합니다.

주 변호사님은 더불어민주당 중앙당에서 부대변인으로 활동을 하셨습니다. 그런 만큼 지방 자치, 그리고 분권에 대해 남다른 생각이 있으실 텐데요. 어떠십니까?

현 저는 지방 자치에 가장 중요한 부분은 예산이라고 봅니다. 인사는 어느 정도 독립이 되어 있는데, 예산이 가장 중요하죠. 현재 수입 구조는 국세와 지방세가 8대 2입니다. 국가로 들어가는 세금이 8이고 지방으로 걷게 되는 비율이 2밖에 안 됩니다. 하지만 지출은 국가가 4이고, 지방이 6입니다. 그러니까 지방은 들어오는 세금이 2밖에 안 되는데, 나가는 돈이 6이라는 거예요. 결국은 부족한 4를 국가에서 받아와야 하거든요. 그래서 지방은 중앙에 항상 재정 지원을 부탁하는 입장인데 이 지방세를 신설하는 방법으로 늘려서 활용하거나 국세를 받아와서 하는 구조로는 한계가 있어요. 두 번째는 용인이나 수원이 백만 도시이지 않습니까? 흔히 울산과 수원, 두 도시를 많이 비교하곤 하는데요, 울산은 인구가 수원보다 적은데 예산은 1.5배 많고 공무원은 2배 가까이 되거든요. 그럼, 결국 이런 백만 도시들이 역차별받는 상황이에요. 이런 부분은 시급히 해결되어야 할 부분이라고 봅니다.

주 저희가 용인시에서 출마하시는 후보들에게 공통으로 드리는 질문입니다만, 용인시는 난개발이 심한 지역으로 알려져 있습니다. 이에 대해 변호사님은 어떤 생각과 비전을 갖고 계시는지요?

현 용인시에 난개발이 심하다는 비판은 1~2년 된 지적은 아니고요, 처음에 지적했습니다만 정찬민 시장이 들어오고부터 난개발이 더 심화했어요. 가장 중요한 것은 당시 규제 완화 정책을 펼치면서 개발 가능한 임야의 경사도 규제를 완화했거든요. 그러면서 아파트가 무분별하게 많이 공급됐습니다. 그래서 그동안 문제가 있던 교통이나 교육 문제가 심각해졌습니다. 그래서 아파트 가격도 어떻게 보면 하락 국면에 있어요. 저는 그래서 일단 완화된 경사로를 기흥구에 한해서는 과거로 원상회복을 하겠다, 그리고 아파트 인허가를 최대한 자제시켜서 무분별하게 아파트가 들어와서 베드타운화가 심화하는 것을 막겠다, 이런 정책을 갖고 있습니다.

주 공약 사항을 살펴봤습니다만, 친환경 도시 건설, 용인경전철 국산화, 역사 인문 도시 창조, 교육혁신 지구 추진, 구청장 개방형 공모제 시행 등을 공약으로 내걸었는데, 어떤 것이 가장 시급하다고 생각하십니까?

현 저는 세 가지를 꼽습니다. 가장 중요하게 생각하는 것은 구청장 개방형 공모제입니다. 사실 수원이나 용인 같은 곳은 구청장이 임명직이잖아요. 그러다 보니 구청장들이 말년에 정년퇴직하기 전에 오는 자리예요. 그러다 보니 혁신적 정책이나 이런 것들이 잘 안되고 있습니다. 그런데 국가에서 동장 공모제를 어느 정도 시행하고 있습니다. 이것을 제가 구청장까지 확대해 보겠다는 생각입니다. 또 문제가 많은 게 산하 단체장들의 임명에 대해서 말이 많아요. 그래서 만약에 구청장공모제가 성공한다면 산하 단체장도 공모제를 해보겠다는 생각이고요. 두 번째로는 역사 인문 도시를 표방한 이야기는, 용인하면 경전철, 난개발, 사고 용인이라고 해서 묏자리가 좋다고 이름났다는 등, 대부분 부정적인 이야기거든요. 저는 그래서 긍정적인 이미지로 바꾸고 싶다, 중요한 것은 결국 역사와 문화인데, 용인은 예전에 용인의 중심이라 할 수 있는 현청이라는 것이 없습니다. 용인 현청이라든지 용인 성이라든지 용인의 역사와 문화에 중심이 되는 뿌리를 찾고 싶고요, 용인의 처인성이 사실 몽골 침입 때 유명한 승리 장소임에도 많이 알려지지 않았어요. 이것을 소설로 쓴다든지 영화나 드라마화할 수 있는 '스토리화'를 하겠다, 그것이 어쨌든 역사 문화도시에 대한 것이고요, 세 번째는 경기도 31개 지자체 중에서 17개 지자체가 추진하는 교육 혁신 도시에 용인이 빠졌습니다. 시흥에 성공 사례가 있는데요, 가장 중요한 것은 시민 단체나 학부모 단체, 교육 공무원 등이 협력 체계를 이뤄서 용인에 맞는 교육을 해야 하는데요, 그중에 가장 중요한 것은 용인에 예전엔 공고가 없었어요. 그러다 보니 직업교육을 할 수 있는 마이스터고가 하나도 없습니다. 그런 부분을 만들어 나가야겠다는 게 중요한 공약입니다.

주 구청장 개방형 공모제를 시행하고 역사 인문 도시로 창조를 만들어가고, 교육혁신 지구를 추진하겠다는 세 가지 공약, 강조해 주셨네요. 그러면 용인 경전철에 대해서도 궁금합니다. 1조 8천억 원 정도 빚이 남아있다, 그런데도 채무 제로화를 선언했다는 이야기를 하시면서 경전철 현안, 앞으로 어떻게 풀어나가실 건가요?

현 저는 기본적으로 경전철이 고립된 섬이라고 봅니다. 교통이란 것은 기본적으로 연결이 되어야 하거든요. 경전철은 섬처럼 동떨어져 있어요. 가장 중요한 부분은 경전철이 현재 외국 회사, 처음에 시행했던 봄바디어사가 기술과 특허를 갖고 있어요. 연장했을 경우, 그 회사가 다시 소유권을 획득하게 되어 있습니다. 그래서 경전철을 국가 소유로 해야 한다는 것은 용인에 굉장히 많은 부담을 짓게 한 그 외국 회사를 떼어 내겠다는 뜻입니다. 그다음에 수원 쪽으로 광주 쪽으로 연장해야, 결국 다른 지자체와 붙여야 경전철이 살아날 수 있다고 보거든요. 전제 조건은 외국 시행사를 떼어 낸다, 그것을 저는 '국산화'로 표현합니다.

주 그런 과정에서 반발도 있을 거 같은데요.

현 쉽지는 않다고 봅니다. 이미 1조 8천억 원의 지급된 금액은 매년 600~700억 원씩 지급됐던 금액이거든요. 하지만 협상과 노력을 통해서 그것을 해결해야만 경전철을 다른 전철로 붙일 수 있고 그래야만 경전철을 활성화할 수 있다고 봅니다.

주 대한변호사협회 인권위원으로도 활동하셨습니다. 미투 운동에 대해서 질문을 드리고 싶어요. 더불어민주당에서 연루된 분들이 많습니다. 어떻게 보시는지, 그리고 변호사님께서는 미투 운동에 대해 어떻게 생각하시는지 궁금합니다.

현 이것은 당의 문제가 아니고, 87년 이후 정치적 민주화가 이뤄지지 않았습니까? 그 이후에 여성 운동이 활발히 이루어져서요, 호주제도 철폐되고 여러 가지 법 제도는 남녀평등이 많이 이루어졌어요. 하지만 현실에서는 남녀 차별이 여전히 남아있었거든요. 그런 부분들이 이번에 본격적으로 드러났다고 봅니다. 이 문제는 사실 정치적, 정파적 문제가 아니고 보편적인 인권의 문제이고요, 다만 저는 인권위원을 지냈던 사람으로서 현재 미투 운동이 실명과 얼굴을 드러내면서 하고 있어요. 저는 이 부분은 위험하다고 봅니다. 특히 안희정 전 지사의 경우 피해자가 처음엔 실명으로 나왔다가 2차 피해를 많이 입고 있거든요. 두 번째 고소하신 분은 익명으로 하셨고, 그 외 다른 분은 지금 여성 단체의 도움을 받고 있어요. 어쨌든 여성 단체가 직접 상담하고 근거와 증거를 수집한 다음에, 여성 단체의 이름으로 발표하든지 해야지, 본인의 실명을 걸고 하는 것은 굉장히 위험하기 때문에 앞으로는 그 부분은 자제해야 한다고 봅니다.

주 2차 피해를 줄일 수 있는 방법이 또 있을까요?

현 일단 2차 피해가 발생한 다음에 법적 조치를, 명예 훼손 등으로 고발한다든지 할 수 있는데, 그것은 사후적 처방이라고 봐요. 재판과 소송은 사후적인 영역이고요, 여성 단체가 안 된다면 국가인권위와 같은 국가 공적 기관에서 그런 제보를 받을 수 있는 기관을 설립해서, 그러한 기관에서 문제를 제기하는 거, 그게 가장 좋은 방법이라고 봅니다. 현재 제도화나 법적 근거는 없어요. 그래서 저는 국회에서 해야 할 일이라고 봅니다. 국가적 차원에서 피해자를 보호할 수 있는 법과 제도를 만들어 나가는 게 필요하다고 생각합니다.

주 지금까지 용인시장 예비후보 현근택 변호사였습니다. 감사합니다.

현 네, 감사합니다.

출처:
경기방송 홈페이지

토월약수터를
방문하다

2018년 3월 18일, 수지 토월약수터를 방문하였습니다. 토월약수터는 수지구민들의 휴식 공간으로 쓰이던 곳입니다. 난개발 속에서도 환경단체와 시민단체가 이곳을 지키기 위해 여러모로 애써 왔습니다.

지금은 개발이 되어 아파트가 들어섰습니다. 개발과 환경 보전 사이에서 첨예하게 대립했지만, 결국 개발이 이루어져 매우 아쉽고 마음이 아픕니다.

토월약수터 방문 메시지

'마음 아픈 토월약수터'

토월약수터에 방문했습니다.
마음이 아픕니다.
용인시 난개발에 직격탄을 맞은
시민들의 소중한 쉼터가
포크레인이 들어선 공사장이 되었습니다.

난개발,
이제는 멈추어야 합니다.

잘못된 행정이
시민의 여유를 파괴하는 것,
더 이상 두고 볼 수 없습니다.
오늘도 최선을 다하겠습니다.

혁신 용인을 위해 열심히 뛰겠습니다.
혁신 용인, 현근택과 더불어!

예비후보자
홍보물을 보내다

예비후보자는 해당 선거구 내 가구 수의 10% 이내로 예비 홍보물을 보낼 수 있습니다. 예비후보자로 등록하면 선거사무실을 낼 수 있고, 거리에서 인사를 할 수 있고, 명함을 돌릴 수 있지만, 예비후보자 홍보물을 보내는 것이 홍보 효과가 제일 좋은 방법이라고 생각합니다.

더불어민주당
용인을 지켜온 우리 변호사

용인시장은
현근택1

4부: 용인시장에 도전하다(2018)

현근택이 약속하는 다섯가지 용인

시민을 주인으로 혁신행정 용인

- **용인적폐청산위원회 설립을 통한 난개발 및 용인시의 부조리 처리**
  이행절차 : 민·관 합동 공청회를 통해 용인시 문제점 파악 및 후속조치
  이행기간 : 2019~2022년 / 우선순위 : 1순위 / 재원조달 : 시 자체 예산
  목표 : 행정투명성 및 청렴성 제고

- **구청장 개방형 공모제를 통한 3개구 구청장 임명**
  이행절차 : 구청장 선출 과정에서 시민 의사가 반영될 수 있는 구조 확립
  이행기간 : 2019~2022년 / 우선순위 : 1순위 / 재원조달 : 별도 예산 불필요
  목표 : 시민참여권 확대 및 시정 민주성, 전문성 확보

밝은 미래, 시민이 행복한 용인

- **공교육 혁신학교 지원 및 미래지향적 교육혁신지구 구축**
  이행절차 : 공교육 지원 및 교육혁신지구 구축 계획 수립
  이행기간 : 2019~2022년 / 우선순위 : 1순위 / 재원조달 : 시 자체 예산
  목표 : 공교육의 혁신화

- **60세 이상 어르신들에 대한 치매 종합서비스 제공**
  이행절차 : 전문가 자문을 통한 서비스 구축
  이행기간 : 2019~2022년 / 우선순위 : 2순위 / 재원조달 : 국비 및 도비 지원, 시 자체 예산
  목표 : 고령화 사회 대책 강화

지역 경제를 살리는 용인

- **용인청년일자리진흥원·컨벤션센터 등 청년일자리 인프라 마련**
  이행절차 : 인프라 구축을 위한 통합계획 수립
  이행기간 : 2019~2022년 / 우선순위 : 2순위 / 재원조달 : 시 자체 예산
  목표 : 청년 구직자 사기진작 및 지역경기 활성화

- **지역단위 생활밀착형 협동조합모형 개발 등 사회적경제 일자리 추진**
  이행절차 : 사회적경제 일자리 창출을 위한 계획 수립
  이행기간 : 2019~2022년 / 우선순위 : 2순위 / 재원조달 : 국비지원, 시 자체 예산
  목표 : 일자리 창출 및 지역경제 활성화

5부

수원에서
행정경험을
쌓다

수원시 제2부시장

태국에서 열린 유네스코
학습도시 콘퍼런스에서 발표하다

2024년 10월 29일 오전 11시, 인터콘티넨털 방콕에서 열린 '유네스코 아세안+3 학습도시 콘퍼런스'에 참가했습니다. 제2부시장으로 취임하고 처음 참석한 국제회의였습니다.

처음에는 담당자가 태국에서 열리는 국제회의에 갈 수 있는지 물어 참석하겠다고 답했습니다. 이후에 발표를 꼭 해야 한다고 요청해 왔습니다. 흔쾌히 수락하고 일정을 확정했는데, 이번에는 발표를 영어로 해야 한다고 알려왔습니다. 아마 미리부터 영어로 해야 한다고 말하면 제가 가지 않을 것을 염려해 일정을 모두 잡은 뒤 알려준 것으로 보입니다.

제2부시장으로 취임하자마자 처음 간 국제회의였고, 영어

로 발표하는 기회를 얻은 덕분에 오래 기억될 것 같습니다. 제 발표 제목은 '배움으로 행복하고 나눔으로 빛나는 글로벌 평생학습도시 수원, 도시의 원동력이 되는 시민 주도의 학습공동체'였습니다.

'배움으로 행복하고 나눔으로 빛나는 글로벌 평생학습도시 수원, 도시의 원동력이 되는 시민 주도의 학습공동체'*

안녕하십니까?

대한민국 수원시 부시장 현근택입니다. 동남아시아 19개 도시와 대한민국, 중국, 일본 3개국이 평생학습 정책을 교류하고 네트워크하는 자리에 초대해 주셔서 감사드립니다.

먼저 태국 방콕의 2024년 유네스코 평생학습도시 지정을 진심으로 축하드립니다. 오늘, 이 의미 있는 자리에서 우리 수원시의 원동력이 되는 시민주도의 학습공동체 사례를 여러분과 함께 공유하고 싶습니다. 수원시 소개를 시작으로 수원과 유네스코, 수원시의 평생학습 정책 기본 방향, 이후 확

---

* 　실제로는 영어로 발표했습니다. 처음 참석한 국제회의에서 영어로 발표하는 것이라 당혹스러웠습니다. 큰딸에게 영어로 녹음을 부탁하고 따라하며 연습했습니다.

대된 평생학습 운영 방향을 말씀드리겠습니다.

1. 수원 소개

1776년 즉위한 조선의 22대 왕인 정조는 백성을 사랑했던 왕으로, 수원에 새로운 도시를 세우고자 했습니다. 수원은 대한민국 역사 최초의 계획도시입니다. 정조는 1796년 유네스코 세계문화유산인 수원화성을 축조했습니다.

220년의 세월이 흐른 지금, 문화 관광의 도시이며 글로벌 기업 삼성이 있는 대도시로 눈부신 성장과 발전을 이루었습니다. 수원시는 경기도의 도청 소재지로 인구 122만의 대도시로 성장하였습니다. 기초자치단체로는 최대 규모의 도시입니다. 특히, 시민들은 평생학습을 통하여 눈부신 성장을 하고 있습니다.

2. 수원시와 유네스코

수원시는 2005년 대한민국 평생학습도시로 지정받았습니다. 2016년에는 유네스코 학습도시로 지정받았습니다. 2017년에는 유네스코 학습도시상을 수상하고, 제6차 세계 성인교육회의 중간 회의를 개최하였습니다. 2022년에는 한국-유럽 서밋에 참가하며 유네스코와의 교류를 이어오고 있습니다.

3. 기본 방향 - '누구나, 어디서나' 누리는 평생학습

수원시가 평생학습 정책을 어떻게 꾸준히 이어오고 있는지 살펴보겠습니다. 수원시는 평생학습도시로 지정된 후 평생학습 진흥 조례를 제정하고, 전담 조직과 전문 인력을 꾸준히 확대해 왔습니다. 수원시는 누구나 어디서나 평생학습을 할 수 있도록 지원해 왔습니다.

3-1. 기본 방향 - '누구나'(1)

'누구나' 누리는 평생학습을 살펴보겠습니다. 수원시는 '누구나학교'라는 프로그램을 운영하였습니다. 누구나학교는 시민 누구나 선생님이 되고 학생이 되어 삶의 지혜를 나누는 학교입니다. 수원시는 성인의 문맹률을 낮추기 위해 성인 문해학교를 운영하고 있습니다. 글을 모르는 어른들을 대상으로 한글과 학력 인정 교육을 지원하고 있습니다.

3-1. 기본 방향 - '누구나'(2)

평생학습의 사각지대를 발굴하기 위해 노력을 하였습니다. 2022년 대한민국 교육부로부터 장애인 평생학습 도시로 지정받아서 장애인뿐만 아니라 이들의 학습을 지속하기 위한 가족들과 지원가에게 포커스를 맞춘 프로그램을 운영한 것이 특징입니다. 평생학습에 참여하기 어려운 부모를 대상으로 자녀들과 함께 참여할 수 있는 다양한 프로그램도 진행하였습니다. 평생학습에서 소외되었던 시민들의 삶은 더욱 행복해졌습니다.

3-2. 기본 방향 - '어디서나'(1)

다음은 '어디서나' 누리는 평생학습을 살펴보겠습니다. 수원시에는 27개의 도서관이 도시 전역에 퍼져있어 시민들은 집 근처 도서관에서 책을 접하고 인문학 강좌를 수강하고 있습니다. 자발적으로 구성된 학습동아리는 학습공간 마련에 어려움을 겪습니다. 수원시는 시민의 상시 학습이 가능하도록 시민들의 생활권에 있는 카페나 식당, 사업장을 학습공간으로 사용하는 '학습둥지'를 시행합니다. 식당과 사업장의 경영자는 모두 학습 시민으로서 흔쾌히 동참하였습니다. 40여 개가 넘는 학습둥지에서 다양한 평생학습 동아리 활동이 이루어지고 있습니다.

3-2. 기본 방향 - '어디서나'(2)

도서관에서는 학습동아리에 학습공간을 지원하고 이들은 독서를 활용한 학습을 진행합니다. 학습둥지로 활용되는 한 카페에서는 시니어 시민들이 커피 바리스타 기술을 익힌 후 지역사회에서 학습 나눔 활동을 하기도 합니다.

4. 코로나19 이후 학습환경

코로나19의 영향으로 평생학습 분야에도 많은 것들이 바뀌었습니다. 학습자들이 직접 만날 수 없게 되면서 평생학습이 순조롭게 이루어지지 못했습니다. 이를 보완하기 위해 줌과 같은 온라인 기술을 사용해 학습하기 시작했습니다. 이들은 시간과 공간의 한계를 벗어나 이전보다 더 다양한 분야의 학습을 더 많이 할 수 있게 됐습니다. 이후 이들은 이전보다 더 수준 높은 학습을 요구하고 있습니다. 코비드 19를 거치는 동안 작은 모임으로 학습하는 온라인 학습자들이 늘어나면서 이들과 소통할 수 있는 네트워크가 중요해졌습니다.

5. 한 걸음 더 - 시민에 의한 평생학습(1)

수원시는 이런 상황을 정책에 반영하기로 했습니다. 평생학습을 제대로 할 수 없던 상황에서도 온라인을 활용해서까지 학습했던 적극적인 시민들을 매개로 수원 시민들의 학습력을 더 성장시키기로 했습니다. 시민들에게 학습의 '기회'를 누구에게나 어디에서나 제공하는 것이 수원시의 기본 방향입니다. 이제는 기본 방향에서 더 나아가 시민들이 주도적으로 학습을 기획할 수 있는 환경을 만드는 것에 주력하고 있습니다. '시민에 의한 평생학습', 현재 수원시의 전략입니다.

5. 한 걸음 더 - 시민에 의한 평생학습(2)

'시민에 의한 학습'은 자발적 학습공동체와 이들을 연결하는 네트워크로 설명할 수 있습니다. 수원시의 자발적 학습공동체는 기획 단계부터 직접 참여해 학습하는 시민기획단과 학습한 결과를 다른 시민들과 나누는 학습동아리가 대표적입니다. 이들과는 온오프라인 네트워크를 통해 의견을 소통하고 학습 정보를 교류하고 있습니다.

5-1. 한 걸음 더 - 자발적 학습공동체(1)

수원시는 '언제든학교기획단'을 양성해 시민의 자발적인 학습 기획 능력을 향상하고 있습니다. '언제든학교기획단'은 팬데믹 이후 학습공간을 온라인까지 확장하여 함께 배우고 나누며 성장하는 학습공동체입니다. 이들은 시간 관리, 현명한 여행하기, 시니어 토크, 도서 낭독 등 다양한 주제에 대해 스스로 기획해 다른 시민과 배움을 나누고 있습니다.

5-1. 한 걸음 더 - 자발적 학습공동체(2)

수원시는 평생학습 동아리의 성장을 적극 지원하고 있습니다. 학습동아리가 배움에서 그치지 않고 지역사회에 나눔 활동을 할 수 있도록 지속적으로 지원합니다. 동아리는 다양한 재능 기부 자원봉사를 통해 지역사회와 함께 성장하는 학습 시민으로 거듭나고 있습니다. 이를 위해 수원시는 학습동아리 평생학습 매니저를 양성하고 배치하고 있습니다.

5-2. 한 걸음 더 - 학습 네트워크 조성(1)

수원시는 기관과 시민모임으로 구성된 평생학습 협의회를 운영하고 있습니다. 이는 다양한 평생학습을 위한 시민의 의견을 듣고 소통하기 위함입니다. 수원시에는 154개의 평생학습 기관이 있습니다. 이 기관들은 수많은 학습자에게 다양한 학습을 제공하고 학습자의 니즈도 파악하고 있습니다. 이 기관들은 협의회에 참가해 수원시에 다양한 학습자의 니즈를 전달해 줍니다. 수원시는 이를 평생학습 정책에 반영합니다.

5-2. 한 걸음 더 - 학습네트워크 조성(2)

수원시에는 154개의 평생학습 기관이 있습니다. 수원 시민은 이 평생학습 기관들의 평생학습 정보를 한눈에 보고 싶어 합니다. 수원시는 다양한 시민의 요구에 부응하기 위한 거점으로 온라인 플랫폼을 구축할 예정입니다. 우리는 최신 기술을 적용한 모바일 기반의 플랫폼을 계획하고 있습니다. 이는 평생학습에 대한 시민의 접근성을 높일 것이라고 기대됩니다.

6. 마무리(1)

지금 세계는 코로나19 팬데믹 이후 많은 변화를 겪었습니다. 평생학습에 익숙한 시민들의 학습 요구 수준은 이미 높아졌고, 시대 흐름에 대한 기대와 두려움의 공존이 이슈가 되고 있습니다. 수원시는 그에 대한 답을 평생학습에서 찾을 것입니다. 수원시는 시민과 함께 갑니다. 시민이 주도할 수 있는 기반을 마련해 주고, 시민이 직접 활동하며 제안된 사항을 정책에 반영하고 있습니다.

마지막으로 평생학습을 통해 행복을 찾은 수원 시민의 목소리를 들어볼까요?

(영상상영)

6. 마무리(2)

수원에 오시면 방금 영상에서 보신 시민들을 만나실 수 있습니다. 발표를 들어주셔서 감사합니다.

5부: 수원에서 행정경험을 쌓다(수원시 제2부시장)

현기영 작가
북토크에 참석하다

2025년 9월 18일 오전 9시 30분, 수원시 평생학습관 2관 211호에서 현기영 작가의 북토크가 있었습니다. 시민 50여 명이 참석해 현기영 작가의 신작 『사월에 부는 바람』에 대한 이야기를 들었습니다.

북토크 인사말

수원시 제2부시장 현근택입니다. 북토크에 참석해주신 시민 여러분, 진심으로 감사드립니다.

우리에게는 시대가 달라져도 잊지 말아야 할 현대사의 아픈 사건들이 있으며, 이를 시민들과 함께 나누는 자리는 매우 소중합니다. 이러한 문제의식을 바탕으로 수원시 평생학습관은 의미 있는 프로그램을 꾸준하게 만들고 있습니다.

현기영 작가님은 『순이 삼촌』(1978)을 통하여 30년간 금기였던 4·3사건의 진실을 처음으로 알렸고, 보안사에 연행되어 고문을 받고 금서로 지정되는 고초를 겪었습니다. 작가님은 『변방에 우짖는 새』(1983), 『마지막 태우리』(1994), 『지상에 숟가락 하나』(1999), 『제주도우다』(2023) 등 꾸준히 책을 쓰고 계십니다. 올해 『사월에 부는 바람』(2025)을 출간하였습니다.

제주 4·3 유가족들은 현기영 작가님에게 많은 빚이 있습니다. 최근 제주 4·3 기록물이 유네스코 세계기록유산에 등재된 공로를 인정받아 감사패를 받은 것을 축하드립니다.

지난주에 시민들과 함께 『순이 삼촌』, 『사월에 부는 바람』을 읽고 토론하는 독서 모임이 있었습니다.

오늘 작가님을 직접 모시고 이야기를 나눌 수 있는 시간을 갖게 되어 더욱 뜻깊습니다. 작가님과 함께 소중한 시간이 되기를 바랍니다.

감사합니다.

북토크 참석자 후기

(1) 이 자리를 마련해 주신 것 자체가 너무 고맙고 4·3을 제대로 생각하고 알 수 있어서 좋다.

(2) 작가가 작품을 쓰게 된 배경이나 작품의 의미를 직접 들을 수 있었습니다.

(3) 전반적으로 진행이 깔끔하고 관계되시는 분들의 신속한 진행이 좋았어요

(4) 자유롭게 작가님 이야기를 듣는 시간이 충분해서 좋았습니다.

(5) 모든 게 다 좋았어요.

(6) 좋은 작가이자 좋은 어른을 만난 것 같아 좋습니다.

(7) 현기영 작가님에 대하여 더 알게 되었고 만날 수 있어서 좋았다.

(8) 현기영 작가님을 직접 만나 육성을 청취할 수 있어서 좋았고, 과거사를 조금이나마 알게 된 계기가 됨.

(9) 현기영 선생님이 갖고 계신 작가 의식이나 역사의식 등을 깊이 들여다 볼 수 있어 좋았다.

(10) 작가님 정서의 토대가 되는 가치관을 읽을 수 있음과 그 안에서 흐르는 자연사랑, 사람 사랑, 제주사랑 등을 함께 나눌 수 있어 좋았음.

(11) 4·3이 5·18을, 5·18이 이번 계엄을 막아냈다.

(12) 좋은 작가님 초대해 주셔서 감사합니다.

(13) '우리가 잊지 않아야 재발하지 않는다'는 말씀의 진정성을 잘 느끼고 배웠습니다.

(14) 제주 4·3의 아픔을 우리 공동체가 함께 나누어야 아픈 역사가 되풀이 되지 않는다.

(15) 제주 4·3에 대하여 많이 이해하고 많이 배웠습니다.

(16) 제주 4·3의 참화에 응답받기 위한 작가님의 여정을 이해할 수 있었습니다.

(17) 진실된 삶을 살고자 하는 용기와 내면의 목소리에 귀 기울이는 태도를 갖는 것이 중요하다는 것. 묻혀버린 비극은 다시금 재앙으로 돌아온다.

(18) 책을 읽어야 하는 이유를 깨달음.

(19) 참지식인으로서 행해야 할 사회적 의무는 훼손된 사회정의를 제대로 알고 바로 쓰는 것으로, 이를 위해 다양한 연구가 필요함.

독립유공자 후손
집수리 사업을 진행하다*

광복 80주년이 되었습니다. 제가 관심을 가지고 진행한 일을 소개하겠습니다. 오늘 이 일을 처음 보도했던 기자(중부일보 강현수 기자)에게 연락하였습니다. 언론이 어떤 역할을 하는지 알 수 있는 사례입니다.

*   네이버 블로그에 기재한 글입니다.

가슴 아픈 신문 기사

아침에 출근하면 신문 스크랩을 확인합니다. 담당 공무원이 우리 시와 관련이 있거나 중요하다고 판단한 기사를 스크랩하여 공지 사항에 게시합니다. 2024년 11월 중순, 눈에 띄는 기사*가 하나 있어서 출력하여 읽었습니다.

기사의 내용은, 광복회 경기도지부에서 독립유공자를 대상으로 집수리 지원사업을 하고 있는데, 1년 예산이 1억 원으로 단 5가구만 지원해 주고 있어서 국가와 지자체의 지원이 필요하다는 것입니다.

"집에 습기가 많이 찼는데 겨울에는 추워서 문을 비닐로 봉해 놓았다. 그러다 보니 습기가 항상 안 빠져나가고, 냄새가 나 힘들었다. 쥐가 전선줄을 타고 (집 안으로) 들어와 많이 돌아다니기도 했다."

이천에 거주하는 애국지사 고 마만봉 님의 손자, 마양수 씨(75)가 한 말입니다.

'지금이 어느 시대인데... 친일을 하면 3대가 떵떵거리고 살고, 독립운동을 하면 3대가 가난하게 산다는 말이 있는데... 아

---

* 　2024년 11월 20일 『중부일보』, 곰팡이 피고 갈라진 '독립유공자의 집'··· 부끄럽고 죄송합니다

직도 이러고 있다니' 가슴이 너무 무거웠습니다.

마침, 우리 시에서 집수리 사업(새빛 하우스)을 진행하고 있어 연계 방안을 찾아보기로 했습니다. 담당 부서(도시재생과)에 문의하니, 신청자가 많아 무조건 선정하기보다는 가점을 주는 방식이 좋을 것 같다는 의견이었습니다.

저 역시 이에 동의했습니다.

광복회와 업무협약 체결

광복회(경기도지부, 수원시지회)와 긴밀하게 협의를 진행하였습니다. 2025년 3월 7일, 우리 시와 광복회 수원시지회, 수원도시재단과 업무협약을 체결하였습니다. 협약의 주된 내용은, 수원에 주민등록이 되어 있는 독립유공자 후손이 저층 집수리 지원사업에 신청하면 우선 선정되도록 가점을 부여한다는 것입니다.** 이 자리에는 저와 문광주 광복회 수원시지회장, 이병진 수원도시재단 이사장 등이 참석하였습니다.

**   2025년 3월 7일 『경기신문』, 수원시 거주 독립유공자, '새빛하우스' 신청 가점 부여

보훈공단과 업무협약 체결

우리 시의 힘만으로는 부족하여, 한국보훈공단의 힘을 빌리기로 하였습니다. 2025년 7월 30일, 우리 시와 보훈공단이 업무협약을 체결하였습니다.

협약의 내용은, 우리 시가 하는 독립유공자 집수리 사업과 보훈공단이 하는 국가유공자 주거환경개선사업을 연계하여 시너지 효과를 내자는 것입니다. 이 자리에는 이재준 수원시장님, 윤종진 한국보훈공단 이사장님 등이 참석하였습니다.

집들이 행사

광복 80주년을 하루 앞두고 2025년 8월 14일에 집들이 행사가 있었습니다. 3·1운동에 참여한 강익승(1893~1922) 지사의 손녀인 강점순 씨의 집입니다.

우리 시에서 1천500만 원, 보훈공단에서 1천800만 원을 지원하여 집수리를 마쳤습니다. 수원시자원봉사센터 봉사자들이 집수리 공사 후에 집을 정리하고 생활용품을 배치하는 등의 사후 서비스를 지원하였습니다.

이 자리에는 이재준 수원시장님, 신현석 한국보훈공단 사업이사님, 문광주 광복회 수원시지회장님, 이병진 수원도시재단 이사장님 등이 참석하였습니다.

광복 80주년에 찾은 작은 보람

기사 하나로 시작된 일입니다. 언론의 역할이 얼마나 중요한지 알 수 있습니다. 행정이 할 수 있는 일이 정말 많다는 것도 알게 되었습니다. 독립유공자의 후손이 환하게 웃는 모습을 보면서, 광복 80주년에 작은 일이라도 하나 했다는 보람이 있습니다.

곰팡이 피고 갈라진 '독립유공자의 집'... 부끄럽고 죄송합니다

👤 강현수 | ⏱ 승인 2024.11.20 19:48

이천시 백사면에 있는 애국지사 고 마만봉 씨 손자 마양수 씨의 집 대문에 '독립유공자의 집' 명패가 붙어 있다. 강현수기자

곰팡이 피고 갈라진 집에서 생활

주거환경 개선사업 5세대 선정 추진

한 세대당 2천만원 지원… 보수 한계

2025년 11월 20일 『중부일보』 기사

[뉴스 후] 국가 헌신에 보답 나선 수원시... 독립유공자 후손 9가구 집수리

강현수 │ 승인 2025.08.18 17:50

수원시, 광복회수원지회·수원도시재단
새빛하우스 신청시 가점부여 협약
3·1운동 참여 강익승 지사 손녀 등
다음달까지 노후주택 개보수 지원
현근택 부시장 "사각지대 후원 지속"

독립유공자 강익승 지사의 손녀 강정순 씨 집에서 집수리 공사가 이뤄지고 있다. 사진=수원시청

2025년 8월 18일 『중부일보』 기사

2025년 3월 7일에 열린 새빛하우스 독립유공자 지원 업무협약식

5부: 수원에서 행정경험을 쌓다(수원시 제2부시장)

공군 메달을
받다*

오늘(2024년 9월 29일), 추석을 맞이하여 수원비행장(10비)을 방문하였습니다.

비행단장님이 선물을 하나 주셨는데, 감동이었습니다. 제가 수원비행장에 있었던 부대(39전대)에서 근무했었다는 것을 알고, 이름을 새긴 메달을 주신 것입니다. 28년 만에 제대 선물을 받은 기분입니다.

하루 종일 메달을 만지작거리며, 그때 그 시절을 떠올려봤습니다. 20대 청춘을 보낸, 3년간의 세월을 결코 잊을 수 없을

---

*   페이스북에 올린 글입니다.

것입니다.(사후 92기, 정보장교, 1994년 3월~1997년 6월)

기억해 주셔서 감사합니다.

2024년 11월 12일, 수원비행장 두 번째 방문

시의회 청사 준공,
약속을 지키다*

오늘(2025년 11월 17일), 수원시의회 신청사가 개청하였습니다. 작년 9월, 제2부시장 면접시험장에서 어떤 분이 물었습니다. "마지막 질문입니다. 수원시를 위해서 이 한 가지 일만은 꼭 하겠다는 것이 있으면 말씀해 주세요."

저는 "공사가 중단된 시의회 청사를 준공시키겠습니다."라고 답변하였습니다. 그분은 "시공사 부도가 나서 공사가 중단되었고, 문제가 복잡하여 쉽지 않을 텐데, 할 수 있겠어요?"라고 물었습니다. 저는 "20년 이상 변호사로 일하면서 이런 일

---

*   페이스북에 올린 글입니다.

은 많이 해봤습니다. 충분히 할 수 있습니다."라고 답변하였습니다.

작년 10월, 제2부시장이 되고 나서 가장 먼저 한 일이 시의회 청사 관련 대책 회의를 개최한 것이었습니다. 2019년 9월 착공에 들어갔지만, 공동도급사인 A사가 2024년 4월 법정관리(기업회생)에 들어가면서 공사가 중단된 상태였습니다. 다른 공동도급사인 B사와는 계약 기간 연장, 공사비 증액 등에 대한 견해 차이로 법적인 분쟁이 진행 중이었습니다.

약 6개월간 공사가 중단되다 보니 언론에서는 '귀신 나올라, 도심 속 흉물, 공사 재개 가능할까'라는 비판이 이어지고 있었습니다. 담당자들은 법적인 분쟁이 끝나야만 시공사를 재선정할 수 있는 것으로 알고 있었습니다. '언제 법적인 분쟁이 끝나고 시공사를 재선정할 수 있느냐?'라는 질문에는 자신 있게 대답하는 사람이 아무도 없었습니다.

저는 "법적인 분쟁과는 별개로 시공사를 재선정하여 공사를 재개해야 한다."라고 주장하였습니다. 대책 회의를 할 때마다 "문제가 생기면 제가 책임지겠습니다."라는 말도 하였습니다.

결국 법적 분쟁이 끝나기 전이라도 시공사를 재선정하여 공사를 재개하기로 하였고, 그렇게 진행하였습니다. 시공사를 재신징하고 공사를 진행하는 과정에도 몇 기지 문제는 있었지만, 충분히 해결할 수 있었습니다.

　일을 진행하면서, 매주 또는 격주로 보고를 받으면서, 상황을 점검하였습니다. 이러한 과정에서 많은 분의 도움을 받았습니다. 그중에서도 시설공사과(이현철 과장님, 이계석 전 과장님, 박민희 팀장님)와 회계과(이혜원 팀장님)에서 많이 도와주셨습니다. 덕분에 약속을 지킬 수 있게 되었습니다.

　대단히 감사합니다.

2025년 11월 17일
수원특례시 제2부시장 현근택

인건비에 송사까지 '첩첩산중'... 수원특례시의회 신청사 표류기

황호영 기자 · 입력 2024. 11. 1. 06:01 · 수정 2024. 11. 2. 09:29

㈜삼흥, 계약 해지 효력 정지 가처분 항고장 제출
市, 현장 보존 인력·전기료 등 지체 비용 부담
법적 분쟁 장기화에 '도급사 찾기' 난관 관측

수원시의회 신청사 공사 현장. 황호영기자

2025년 6월 19일, 시의회 청사 신축공사 현장 점검

사직 인사를
드리다*

오늘(2025년 12월 5일), 수원특례시 제2부시장직을 사직하였습니다. 작년 10월 15일부터 오늘까지, 비록 짧은 시간이었지만 많은 분께 신세를 졌습니다. 직접 찾아뵙고 인사를 드리는 것이 도리이나, 이렇게 글로 대신하게 되어 죄송합니다.

먼저, 부족한 저에게 제2부시장이라는 막중한 직책을 맡겨주신 이재준 시장님께 감사드립니다. 수원이라는 큰 도시에서 '수원을 새롭게, 시민을 빛나게' 하는 길에 잠시나마 함께할 수 있었던 것을 무한한 영광으로 생각합니다. 직접 5년

---

*   페이스북에 올린 글입니다.

간 부시장을 하시며 경험한 것들이, 현재 시장직을 수행할 때 많은 도움이 된다고 생각하시고 기회를 주신 것이라, 더욱 고맙게 생각합니다.

풍부한 행정 경험으로 저를 이끌어주신 김현수 제1부시장님, 박사승 기획조정실장님, 김민수 도시정책실장님께 감사드립니다. 이원구 경제정책국장님, 김인배 시민복지국장님, 김은주 여성가족국장님, 곽도용 문화관광체육국장님, 정규훈 안전교통국장님, 권혁주 환경국장님, 황규돈 경제자유구역추진단장님, 원성연 감사관님, 양황경 공보관님, 최유리 홍보기획관님, 조경만 인권담당관님께도 감사드립니다.

저와 함께 동고동락한 김태관 도시개발국장님, 오민범 AI 스마트정책국장님, 임정완 시민협력교육국장님, 최재군 공원녹지사업소장님, 엄상근 도시총괄기획단장님, 안순일 공항이전추진단장님, 장지욱 그린도시추진단장님, 장진우 도시디자인단장님께도 감사드립니다. 이일희 장안구청장님, 김종석 권선구청장님, 이상균 팔달구청장님, 장수석 영통구청장님께도 감사드립니다. 부속실에서 저를 위해 애써주신 김방곤 주무관님, 김준범 주무관님, 황선영 주무관님께도 감사드립니다.

'수원이 하면 전국에서 모범이 된다'라는 말이 결코 빈말이 아님을 실감할 수 있는 시간이었습니다. 수원에서 어디를 가나 공직자 여러분의 땀과 열정이 묻어 있다는 것을 보고 느낄 수 있었습니다. 수원 화성을 축성하면서 만든 『화성성역의 궤』에 기록된 사람들의 노력이 지난 76년간 수원시를 이끌어오신 공직자 여러분의 노력과 결코 다르지 않다고 말씀드리고 싶습니다.

시의회 청사 준공이라는 약속을 지킬 수 있었던 것은, 7선의 관록으로 수원특례시의회를 이끌고 계신 이재식 의장님과 김정렬 부의장님의 배려가 있었기 때문입니다. 작년 9월, 여야정 대타협으로 시민 체감 숙원사업 공동 선언을 하였고, 내년부터 '생활비 절감 패키지' 사업을 할 수 있게 되었습니다. 여야를 떠나 '오직' 수원 시민의 행복만을 위하여 노력하시는 수원특례시의회 의원님들의 멋진 모습은 결코 잊을 수 없을 것입니다.

수원에 대해 많은 말씀을 해주시고 기회가 있을 때마다 조언을 아끼지 않으신 김영진 국회의원님, 백혜련 국회의원님, 김승원 국회의원님, 염태영 국회의원님, 김준혁 국회의원님께도 머리 숙여 감사드립니다. 오늘 마지막으로 참석한 회의가 수원 지역 국회의원님들과의 정책간담회입니다. 수원 지역 당정 간에 주기적으로 소통하는 모습은 수원이 지금과 같이 발전할 수 있는 가장 중요한 원동력이 되었다고 생각합니다.

언론인 여러분께도 감사드립니다. 경기도 수부 도시 수원이, 경기도를 넘어 전국 언론의 중심이고 정론·직필의 모범이 되고 있다는 것을 알게 되었습니다.

본의 아니게 일을 하는 과정에서 서운하게 해드리거나 마음이 상하신 분이 있다면, 행정을 처음 해보는 저의 부족함으로 인한 것이라 너그럽게 용서해 주시기 바랍니다.

끝으로, 125만 수원 시민 여러분께 감사드립니다. 수원 시민 여러분은 전국 최고의 도시에 살고 있다는 자부심을 가지셔도 된다는 말씀을 감히 드리고 싶습니다. 수원 시민 여러분과 함께할 수 있었던 시간은 제 인생에서 가장 행복한 순간이었습니다. 아직 가보지 못한 곳이 많고, 보지 못한 공연, 축제, 스포츠 경기도 많이 있습니다. 기회가 있을 때마다 가족, 친구, 지인들과 함께 다시 찾도록 하겠습니다.

안녕히 계십시오. 감사합니다.

2025년 12월 5일
수원특례시 제2부시장 현근택

♥ 현근택 부시장님 ♥

현근택 부시장님과
함께 할 수 있어서 영광이었습니다.
당신이 수원시에 기꺼이 내어주신
청춘과 세월을 기억하겠습니다.
늘 고맙고, 오래도록 건강하세요.

수원을 새롭게
시민을 빛나게

5부: 수원에서 행정경험을 쌓다(수원시 제2부시장)

297

주요
활동사진

제5기 공공갈등관리심의위원회 위촉식 및 정기회의

제1기 지구지키미 발대식

수원시 자원순환센터 방문

공공하수처리시설 공사 현장 방문

제7회 전국 청년 아이디어톤 대회

청소년보호위원회 합동 캠페인

유네스코 교육의 미래 국제 포럼

설 전통시장(못골시장) 장보기

경기 수원 외국인학교 졸업식

자원회수시설 이전 민간협의체 제4차 회의

군 공항 주변지역 고도제한 희망 토크

연합뉴스TV 제1회 리부팅 지방시대 시상식

주요 활동사진

2025 대한민국 지방지킴 대상

대한민국대도시시장협의회 제7차 정기회의

현명하고 근사한 선택

명절맞이 전통시장(화서시장) 장보기

학교밖청소년시원센터 이선 개소식

현명하고 근사한 선택

초판 1쇄 발행 2026년 1월 20일

저자 현근택
만화 김미래, 장서영
편집 이경선
펴낸곳 북앤스토리
출판등록 제 2010-000042호
발행처 텐포인트원
전화 031-750-0255

가격 25,000원
ISBN 979-11-977281-5-0 (03810)